新文学选集

柔石选集

开明出版社

柔石先生遗像

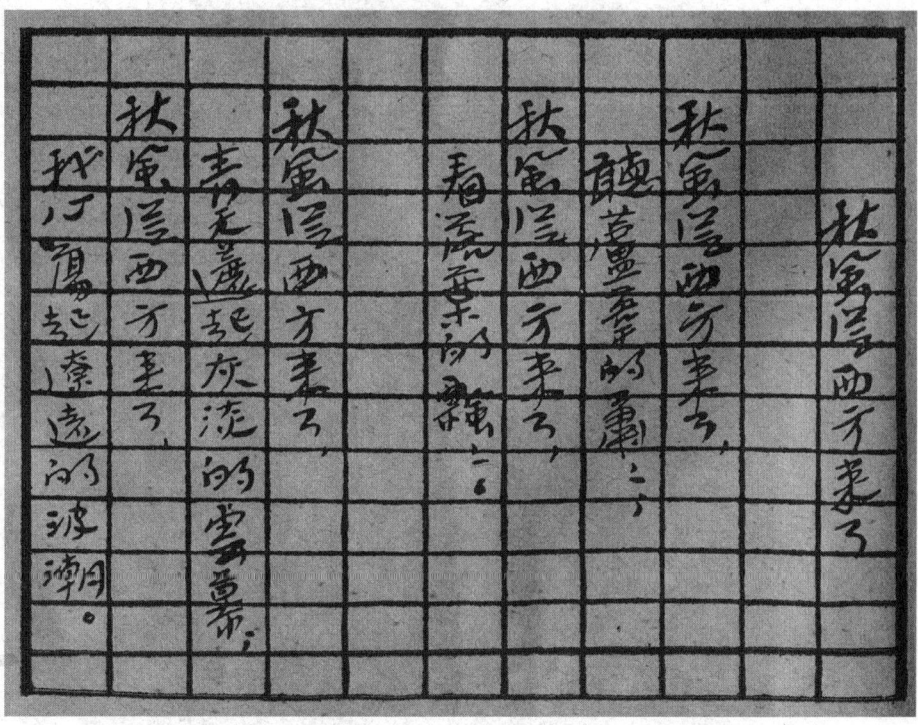

手迹

出版说明

新中国成立不久,中央人民政府文化部就成立了"新文学选集编辑委员会",负责编选"新文学选集",文化部部长茅盾任编委会主任,出版总署副署长叶圣陶、中宣部文艺处处长、作协党组书记兼副主席、《文艺报》主编丁玲、文艺理论家杨晦等任编委会委员。"新文学选集"1951年由开明书店出版,是新中国第一部汇集"五四"以来作家选集的丛书。

这套丛书分为两辑,第一辑是"已故作家及烈士的作品",共12种,即《鲁迅选集》《瞿秋白选集》《郁达夫选集》《闻一多选集》《朱自清选集》《许地山选集》《蒋光慈选集》《鲁彦选集》《柔石选集》《胡也频选集》《洪灵菲选集》和《殷夫选集》。"健在作家"的选集为第二辑,也12种,即《郭沫若选集》《茅盾选集》《叶圣陶选集》《丁玲选集》《田汉选集》《巴金选集》《老舍选集》《洪深选集》《艾青选集》《张天翼选集》《曹禺选集》和《赵树理选集》。

"选集"的编排、装帧、设计、印制都相当考究。健在作家选集的封面由本人题签。已故作家中,"鲁迅选集"四个字选自鲁迅生前自题的"鲁迅自选集",其他作家的书名均由郭沫若题写。正文前印有作者照片、手迹、《编辑凡例》和《序》；"已故作家"的"选集"中有的还附有《小传》，《序》也不止一篇。初版本为大32开软精装本，另有乙种本（即普及本）。软精装本扉页和封底衬页居中都印有鲁迅与毛泽东的侧面头像，因为占的版面较大，格外引人注目。毛泽东在《新民主主义论》中称鲁迅"是文化新军的最伟大和最英勇的旗手"，"是中国文化革命的主将"，"不但是伟大的文学家，而且是伟大的思想家和伟大的革命家"，"鲁迅的方向，就是中华民族新文化的方向"，刊印鲁迅头像是为了突出鲁迅在新文学史上的权威地位，将鲁迅头像与毛泽东头像并列刊印在一起，则寄寓着以鲁迅为代表的"五四"新文学发展的最终方向，就是走向1942年以后的文艺上的"毛泽东时代"。学习毛泽东《在延安文艺座谈会上的讲话》，实践毛泽东提出的革命文艺发展的正确方针，是新中国文学发展的必由之路。

"已故作家"中，鲁迅、朱自清、许地山、鲁彦、蒋光慈五人"因病致死"；瞿秋白、郁达夫、闻一多、柔石、胡也频、洪灵菲、殷夫七人都是"烈士"，是被反动派杀害的。鲁迅和瞿秋白是"左联"主要领导人；蒋光慈、洪灵菲、胡也频、柔石、殷夫都是"左翼作家"。闻一多、朱自清是"民主主义者和民主个人主义者"，但他们"在美国帝国主义者及其走狗国民党反动派面前站起来了"，"闻一多拍案而起，横眉怒对国民党的手枪，宁可倒下去，不愿屈服。朱自清一身重病，宁可饿死，不领美国的'救济粮'。他们是我们民族的脊梁"，"表现了我们民族的英雄气概"。①"已故作家"和"烈士作家"选集的出版,"正说明了中国人民的、革命的文学和文化所走过来的路,是壮烈的"②。

"健在作家"中郭沫若位居政务院副总理兼文教委主任,是国家领导人。茅盾"是党的最早的一批党员之一,曾积极参加党的筹备工作和早期工作",③又是新中国的文化部部长、作家协会主席,身份特殊。洪深、丁玲、张天翼、田汉、艾青、赵树理等都是党员作家。叶圣陶、巴金、老舍、曹禺等人在文学上的成就自不待言,又都是我党亲密的朋友,是"进步的革命的文艺运动"(茅盾语)的参与者,是"革命文艺家"④。

"健在作家的作品",由作家本人编选,或由作家本人委托他人代选。"已故作家及烈士的作品",由编委会约请专人编选。《郁达夫选集》由丁易编选、《洪灵菲选集》由孟超编选,《殷夫选集》由阿英编选,《柔石选集》由魏金枝编选,《胡也频选集》由丁玲编选,《蒋光慈选集》由黄药眠编选,《闻一多选集》和《朱自清选集》均由李广田编选,《鲁彦选集》由周立波编选,《许地山选集》由杨刚编选。编委会约请

---

① 毛泽东:《别了,司徒雷登》,《毛泽东选集》第4卷,人民出版社1991年版,第1496页。

② 冷火:《新文学的光辉道路——介绍开明书店出版的"新文学选集"》,《文汇报》1951年9月20日第4版。

③ 胡耀邦:1981年4月11日在沈雁冰追悼会上的致词。

④ 冷火:《新文学的光辉道路——介绍开明书店出版的"新文学选集"》,《文汇报》1951年9月20日第4版。

的编选者多为名家，且与作者交谊深厚，对作者的创作及其为人都有深切的了解，能够全面把握作家的思想脉络，准确地阐述其作品的文学史意义。《鲁迅选集》和《瞿秋白选集》则由"新文学选集编辑委员会"编选，规格更高。

这套丛书的意义首先在于给"新文学"定位。《编辑凡例》中说："此所谓新文学，指'五四'以来，现实主义的文学作品而言"；"现实主义是'五四'以来新文学的主流"；"新文学的历史就是批判的现实主义到革命的现实主义的发展过程"。这种独尊"现实主义的文学"的做法，把浪漫主义、象征主义以及意识流小说等许许多多优秀的文学作品挡在"新文学"的门槛之外了，在今天看来不免"太偏"，可在新中国成立伊始的"大欢乐的节日"里，似乎是"全社会"的"共识"。《编辑凡例》还说："这套丛书既然打算依据中国新文学的历史发展的过程，选辑'五四'以来具有时代意义的作品"，使读者"藉本丛书之助"，"能以比较经济的时间和精力对于新文学的发展的过程获得基本的初步的知识"，从而点出了这部"新文学选集"的"文学史意义"：编选的是"作品"，展示的则是"新文学的发展过程"。把"现实主义的文学"作为"新文学"的主流，以此来筛选作品；重塑"新文学"的图景；规范"新文学史"的写作；建构"新文学"的传统；回归"完整的理论体系和最高指导原则"；为新中国的文学创作提供借鉴和资源，乃是这套"新文学选集"的意义和使命所在，因而被誉为"新文学的纪程碑"。

遗憾的是这套丛书未能出全。"已故作家及烈士的作品"

只出了 11 种,《瞿秋白选集》未能出版。瞿秋白曾经是中共的"领袖",按当时的规定:中央一级领导人的文字要公开发表,必须经中央批准。再加上瞿秋白对"新文学"评价太低,他个别文艺论文中的见解与"左翼"话语相抵牾,出于慎重的考虑,只好延后。健在作家的选集也只出了 11 种,《田汉选集》未能出版。他在 1955 年人民文学出版社出版的《〈田汉剧作选〉后记》中对此做了解释:

> 当 1950 年新文学选集编辑委员会编选五四作品的时候,我虽也光荣地被指定搞一个选集,但我是十分惶恐的。我想——那样的东西在日益提高的人民的文艺要求下,能拿得出去吗?再加,有些作品的底稿和印本在我流离转徙的生活中都散失了,这一编辑工作无形中就延搁下来了。

"作品的底稿和印本"的"散失",并不是理由;"惶恐"作品"在日益提高的人民的文艺要求下,能拿得出去吗?",这才是"延搁"的主因。出版的这 22 种选集中,《鲁迅选集》分上、中、下三册,《郭沫若选集》分上、下二册,其馀 20 位作家都只有一册,规格和分量上的区别彰显了鲁迅和郭沫若在我国现代文学史上崇高的地位,鲁迅是新文化运动的旗手和主将，郭沫若是继鲁迅之后的又一位"主将"和"向导"①，从而为鲁郭茅巴老曹的排序定下规则。

鉴于这套丛书的重要意义，本社依开明版重印，并保留原有的风格，以飨读者。

开明出版社

---

① 周恩来：《我要说的话》，重庆《新华日报》1941年11月17日第1版。

编辑凡例

一、此所谓新文学,指"五四"以来,现实主义的文学作品而言。如果作一个历史的分析,可以说,现实主义是"五四"以来新文学的主流,而其中又包括着批判的现实主义(也曾被称为旧现实主义)和革命的现实主义(也曾被称为新现实主义)这两大类。新文学的历史就是从批判的现实主义到革命的现实主义的发展过程。一九四二年毛主席在延安文艺座谈会的讲话发表以后,革命的现实主义文学便有了一个新的更大的发展,并建立了自己完整的理论体系和最高指导原则。

二、现在这套丛书就打算依据这一历史的发展过程,选辑"五四"以来具有时代意义的作品,以便青年读者得以最经济的时间和精力获得新文学发展的初步的基本的知识。本来这样的选集可以有两种方式,一是按照作品时代先后,成一总集,又一是个别作家各自成一选集;这两个方式互有短长,现在所采取的,是后一方式。这里还有两个问题须要加以说明。第一,这套丛书既然打算依据中国新文学的历史发展的过程,选辑"五四"以来具有时代意义的作品,换言之,亦即企图藉本丛书之助而使读者能以比较经济的时间和精力对于新文学的发展的过程获得基本的初步的知识，因此，我们的选辑的对象主要是在一九四二年以前就已有重要作品出世的作家们。这一个范围，当然不是绝对的，然而大体上是有这么一个范围，并且也在这一点上，和《人民文艺丛书》作了分工。第二，适合于上述范围的作家与作品，当然也不止于本丛书现在的第一、二两辑所包罗的，我们的企图是，继此以后，陆续再出第三、四……等辑，而使本丛书的代表性更近于全面。

三、本丛书第一、二两辑共包罗作家二十四人，各集有为作家本人自选的，也有本丛书编委会约请专人代选的，如已故诸作家及烈士的作品。每集都有序文。二十馀年来，文艺界的烈士也不止于本丛书所包罗的那几位，但遗文搜集，常苦不全，所以现在就先选辑了这几位，将来再当增补。

新文学选集编辑委员会
一九五一年三月，北京

柔石小传

鲁 迅

柔石,原名平复,姓赵,以一九〇一年生于浙江省台州宁海县的市门头。前几代都是读书的,到他的父亲,家境已不能支,只好去营小小的商业,所以他直到十岁,这才能入小学。一九一七年赴杭州,入第一师范学校;一面为杭州晨光社之一员,从事新文学运动。毕业后,在慈溪等处为小学教师,且从事创作,有短篇小说集《疯人》一本,即在宁波出版,是为柔石作品印行之始。一九二三年赴北京,为北京大学旁听生。

回乡后,于一九二五年春,为镇海中学校务主任,抵抗北洋军阀的压迫甚力。秋,咯血,但仍力助宁海青年,创办宁海中学,至次年,竟得募集款项,造成校舍;一面又任教育局局长,改革全县的教育。

一九二八年四月,乡村发生暴动。失败后,到处反动,较新的全被摧毁,宁海中学既遭解散,柔石也单身出走,寓居上海,研究文艺。十二月为《语丝》编辑,又与友人设立朝华社，于创作之外并致力于绍介外国文艺，尤其是北欧、东欧的文学与版画。出版的有《朝华周刊》二十期，《旬刊》十二期，及《艺苑朝华》五本。后因代售者不付书价，力不能支，遂中止。

一九三〇年春，自由运动大同盟发动，柔石为发起人之一；不久，左翼作家联盟成立，他也为基本构成员之一，尽力于普罗文学运动。先被选为执行委员，次任常务委员编辑部主任；五月间，以左联代表的资格，参加全国苏维埃区域代表大会，毕后，作《一个伟大的印象》一篇。

一九三一年一月十七日被捕，由巡捕房经特别法庭移交龙华警备司令部，二月七日晚，被秘密枪决，身中十弹。

柔石有子二人，女一人，皆幼。文学上的成绩，创作有诗剧《人间的喜剧》，未印，小说《旧时代之死》《三姊妹》《二月》《希望》，翻译有卢那卡尔斯基的《浮士德与城》，戈理基的《阿尔泰莫诺夫之事业》及《丹麦短篇小说集》等。

为了忘却的记念

鲁 迅

一

我早已想写一点文字,来记念几个青年的作家。这并非为了别的,只因为两年以来,悲愤总时时来袭击我的心,至今没有停止,我很想藉此算是竦身一摇,将悲哀摆脱,给自己轻松一下,照直说,就是我倒要将他们忘却了。

两年前的此时,即一九三一年的二月七日夜或八日晨,是我们的五个青年作家同时遇害的时候。当时上海的报章都不敢载这件事,或者也许是不愿,或不屑载这件事,只在《文艺新闻》上有一点隐约其辞的文章。那第十一期(五月二十五日)里,有一篇林莽先生作的《白莽印象记》,中间说:

> 他做了好些诗,又译过匈牙利诗人彼得斐的几首诗,当时的《奔流》的编辑者鲁迅接到了他的投稿,便来信要和他会面,但他却是不愿见名人的,结果是

鲁迅自己跑来找他，竭力鼓励他作文学的工作，但他终于不能坐在亭子间里写，又去跑他的路了。不久，他又一次的被了捕。……

这里所说的我们的事情其实是不确的。白莽并没有这么高慢，他曾经到过我的寓所来，但也不是因为我要求和他会面；我也没有这么高慢，对于一位素不相识的投稿者，会轻率的写信去叫他。我们相见的原因很平常，那时他所投的是从德文译出的《彼得斐传》，我就发信去讨原文，原文是载在诗集前面的，邮寄不便，他就亲自送来了。看去是一个二十多岁的青年，面貌很端正，颜色是黑黑的，当时的谈话我已经忘却，只记得他自说姓徐，象山人；我问他为什么代你收信的女士是这么一个怪名字（怎么怪法，现在也忘却了），他说她就喜欢起得这么怪，罗曼谛克，自己也有些和她不大对劲了。就只剩了这一点。

夜里，我将译文和原文粗粗的对了一遍，知道除几处误译之外，还有一个故意的曲译。他像是不喜欢"国民诗人"这个字的，都改成"民众诗人"了。第二天又接到他一封来信，说很悔和我相见，他的话多，我的话少，又冷，好像受了一种威压似的。我便写一封回信去解释，说初次相会，说话不多，也是人之常情，并且告诉他不应该由自己的爱憎，将原文改变。因为他的原书留在我这里了，就将我所藏的两本集子送给他，问他可能再译几首诗，以供读者的参看。他果然译了几首，自己拿来了，我们就谈得比第一回多一些。这传和诗，后来就都登在《奔流》第二卷第五本，即最末的一本里。

我们第三次相见，我记得是在一个热天。有人打门了，我去开门时，来的就是白莽，却穿着一件厚棉袍，汗流满面，彼此都不禁失笑。这时他才告诉我他是一个革命者，刚由被捕而释出，衣服和书籍全被没收了，连我送他的那两本；身上的袍子是从朋友那里借来的，没有夹衫，而必须穿长衣，所以只好这么出汗。我想，这大约就是林莽先生说的"又一次的被了捕"的那一次了。

我很欣幸他的得释，就赶紧付给稿费，使他可以买一件夹衫，但一面又很为我的那两本书痛惜：落在捕房的手里，真是明珠投暗了。那两本书，原是极平常的，一本散文，一本诗集，据德文译者说，这是他搜集起来的，虽在匈牙利本国，也还没有这么完全的本子，然而印在《莱克朗氏万有文库》（Reclam's Universal-Bibliothek）中，倘在德国，就随处可得，也值不到一元钱。不过在我是一种宝贝，因为这是三十年前，正当我热爱彼得斐的时候，特地托丸善书店从德国去买来的，那时还恐怕因为书极便宜，店员不肯经手，开口时非常惴惴。后来大抵带在身边，只是情随事迁，已没有翻译的意思了，这回便决计送给这也如我的那一时样，热爱彼得斐的诗的青年，算是给它寻得了一个好着落。所以还郑重其事，托柔石亲自送去的。谁料竟会落在"三道头"之类的手里的呢，这岂不冤枉！

二

我的决不邀投稿者相见,其实也并不完全因为谦虚,其中含着省事的分子也不少。由于历来的经验,我知道青年们,尤其是文学青年们,十之九是感觉很敏,自尊心也很旺盛的,一不小心,极容易得到误解,所以倒是故意回避的时候多。见面尚且怕,更不必说敢有托付了。但那时我在上海,也有一个惟一的不但敢于随便谈笑,而且还敢于托他办点私事的人,那就是送书去给白莽的柔石。

我和柔石最初的相见,不知道是何时,在哪里。他仿佛说过,曾在北京听过我的讲义,那么,当在八九年之前了。我也忘记了在上海怎么来往起来,总之,他那时住在景云里,离我的寓所不过四五家门面,不知怎么一来,就来往起来了。大约最初的一回他就告诉我是姓赵,名平复。但他又曾谈起他家乡的豪绅的气焰之盛,说是有一个绅士,以为他的名字好,要给儿子用,叫他不要用这名字了。所以我疑心他的原名是"平福",平稳而有福,才正中乡绅的意,对于"复"字却未必有这么热心。他的家乡,是台州的宁海,这只要一看他那台州式的硬气就知道,而且颇有点迂,有时会令我忽而想到方孝孺,觉得好像也有些这模样的。

他躲在寓里弄文学,也创作,也翻译。我们往来了许多日,说得投合起来了,于是另外约定了几个同意的青年,设立朝华社。目的是在绍介东欧和北欧的文学,输入外国的版画,因为我们都以为应该来扶植一点刚健质朴的文艺。接着就印《朝华旬刊》，印《近代世界短篇小说集》，印《艺苑朝华》，算都在循着这条线，只有其中的一本《蕗谷虹儿画选》，是为了扫荡上海滩上的"艺术家"，即戳穿叶灵凤这纸老虎而印的。

然而柔石自己没有钱，他借了二百多块钱来做印本。除买纸之外，大部分的稿子和杂务都是归他做，如跑印刷局，制图，校字之类。可是往往不如意，说起来皱着眉头。看他旧作品，都很有悲观的气息，但实际上并不然，他相信人们是好的。我有时谈到人会怎样的骗人，怎样的卖友，怎样的吮血，他就前额亮晶晶的，惊疑地圆睁了近视的眼睛，抗议道，"会这样的么？——不至于此罢？……"

不过朝华社不久就倒闭了，我也不想说清其中的原因，总之是柔石的理想的头，先碰了一个大钉子，力气固然白化，此外还得去借一百块钱来付纸账。后来他对于我那"人心惟危"说的怀疑减少了，有时也叹息道，"真会这样的么？……"但是，他仍然相信人们是好的。

他于是一面将自己所应得的朝华社的残书送到明日书店和光华书局去，希望还能够收回几文钱，一面就拼命译书，准备还借款，这就是卖给商务印书馆的《丹麦短篇小说集》和戈理基作的长篇小说《阿尔泰莫诺夫之事业》。但我想，这些译稿，也许去年已被兵火烧掉了。

他的迂渐渐的改变起来，终于也敢和女性的同乡或朋友一同去走路了，但那距离，却至少总有三四尺的。这方法很不好，有时我在路上遇见他，只要在相距三四尺前后或左右有一个年青漂亮的女人，我便会疑心就是他的朋友。但他和我一同走路的时候，可就走得近了，简直是扶住我，因为怕我被汽车或电车撞死；我这面也为他近视而又要照顾别人担心，大家都仓皇失措的愁一路，所以倘不是万不得已，我是不大和他一同出去的。我实在看得他吃力，因而自己也吃力。

无论从旧道德，从新道德，只要是损己利人的，他就挑选上，自己背起来。

他终于决定地改变了，有一回，曾经明白的告诉我，此后应该转换作品的内容和形式。我说：这怕难罢，譬如使惯了刀的，这回要他耍棍，怎么能行呢？他简洁的答道：只要学起来！

他说的并不是空话，真也在从新学起来了，其时他曾经带了一个朋友来访我，那就是冯铿女士。谈了一些天，我对于她终于很隔膜，我疑心她有点罗曼谛克，急于事功；我又疑心柔石的近来要做大部的小说，是发源于她的主张的。但我又疑心我自己，也许是柔石的先前的斩钉截铁的回答，正中了我那其实是偷懒的主张的伤疤，所以不自觉地迁怒到她身上去了。——我其实也并不比我所怕见的神经过敏而自尊的文学青年高明。

她的体质是弱的，也并不美丽。

三

直到左翼作家联盟成立之后，我才知道我所认识的白莽，就是在《拓荒者》上做诗的殷夫。有一次大会时，我便带了一本德译的，一个美国的新闻记者所作的中国游记去送他，这不过以为他由此可以练习德文，另外并无深意。然而他没有来。我只得又托了柔石。

但不久，他们竟一同被捕，我的那一本书，又被没收，落在"三道头"之类的手里了。

四

明日书店要出一种期刊，请柔石去做编辑，他答应了；书店还想印我的译著，托他来问版税的办法，我便将我和北新书局所订的合同，抄了一份交给他，他向衣袋里一塞，忽忽的走了。其时是一九三一年一月十六日的夜间，而不料这一去，竟就是我和他相见的末一回，竟就是我们的永诀。

第二天，他就在一个会场上被捕了，衣袋里还藏着我那印书的合同，听说官厅因此正在找寻我。印书的合同，是明明白白的，但我不愿意到那些不明不白的地方去辩解。记得《说岳全传》里讲过一个高僧，当追捕的差役刚到寺门之前，他就"坐化"了，还留下什么"何立从东来，我向西方走"的偈子。这是奴隶所幻想的脱离苦海的惟一的好方法，"剑侠"盼不到，最自在的惟此而已。我不是高僧，没有涅槃的自由，却还有生之留恋，我于是就逃走。

这一夜，我烧掉了朋友们的旧信札，就和女人抱着孩子走在一个客栈里。不几天，即听得外面纷纷传我被捕，或是被杀了，柔石的消息却很少。有的说，他曾经被巡捕带到明日书店里，问是否是编辑；有的说，他曾经被巡捕带往北新书局去，问是否是柔石，手上上了铐，可见案情是重的。但怎样的案情，却谁也不明白。

他在囚系中，我见过两次他写给同乡的信，第一回是这样的——

> 我与三十五位同犯（七个女的）于昨日到龙华。并于昨夜上了镣，开政治犯从未上镣之纪录。
>
> 此案累及太大，我一时恐难出狱，书店事望兄为我代办之。现亦好，且跟殷夫兄学德文，此事可告周先生；望周先生勿念，我等未受刑。捕房和公安局，几次问周先生地址，但我那里知道。诸望勿念。祝好！
>
> 赵少雄　一月二十四日。

以上正面。

> 洋铁饭碗，要二三只。如不能见面。可将东西望转交赵少雄。

以上背面。

他的心情并未改变，想学德文，更加努力；也仍在记念我，像在马路上行走时候一般。但他信里有些话是错误的，政治犯而上镣，并非从他们开始，但他向来看得官场还太高，以为文明至今，到他们才开始了严酷。其实是不然的。果然，第二封信就很不同，措词非常惨苦，且说冯女士的面目都浮肿了，可惜我没有抄下这封信。其时传说也更加纷繁，说他可以赎出的也有,说他已经解往南京的也有,毫无确信;而用函电来探问我的消息的也多起来,连母亲在北京也急得生病了,我只得一一发信去更正,这样的大约有二十天。

天气愈冷了,我不知道柔石在那里有被褥不?我们是有的。洋铁碗可曾收到了没有?……但忽然得到一个可靠的消息,说柔石和其他二十三人,已于二月七日夜或八日晨,在龙华警备司令部被枪毙了,他的身上中了十弹。

原来如此!……

在一个深夜里,我站在客栈的院子中,周围是堆着的破烂的什物;人们都睡觉了,连我的女人和孩子。我沉重的感到我失掉了很好的朋友,中国失掉了很好的青年,我在悲愤中沉静下去了,然而积习却从沉静中抬起头来,凑成了这样的几句:

惯于长夜过春时,挈妇将雏鬓有丝。
梦里依稀慈母泪,城头变幻大王旗。
忍看朋辈成新鬼,怒向刀丛觅小诗。
吟罢低眉无写处,月光如水照缁衣。

但末二句,后来不确了,我终于将这写给了一个日本的歌人。

可是在中国,那时是确无写处的,禁锢得比罐头还严密。我记得柔石在年底曾回故乡,住了好些时,到上海后很受朋友的责备。他悲愤的对我说,他的母亲双眼已经失明了,要他多住几天,他怎么能够就走呢?我知道这失明的母亲的眷眷的心,柔石的拳拳的心。当《北斗》创刊时,我就想写一点关于柔石的文章,然而不能够,只得选了一幅珂勒惠支(Kärthe

Kollwitz）夫人的木刻，名曰"牺牲"，是一个母亲悲哀地献出她的儿子去的，算是只有我一个人心里知道的柔石的记念。

同时被难的四个青年文学家之中，李伟森我没有会见过，胡也频在上海也只见过一次面，谈了几句天。较熟的要算白莽，即殷夫了，他曾经和我通过信，投稿，但现在寻起来，一无所得，想必是十七那夜统统烧掉了，那时我还没有知道被捕的也有白莽。然而那本《彼得斐诗集》却在的，翻了一遍，也没有什么，只在一首"Wahlspruch"（格言）的旁边，有钢笔写的四行译文道：

　　生命诚宝贵，
　　爱情价更高；
　　若为自由故，
　　二者皆可抛！

又在第二页上，写着"徐培根"三个字，我疑心这是他的真姓名。

五

前年的今日，我避在客栈里，他们却是走向刑场了；去年的今日，我在炮声中逃在英租界，他们则早已埋在不知那里的地下了；今年的今日，我才坐在旧寓里，人们都睡觉了，连我的女人和孩子。我又沉重的感到我失掉了很好的朋友，中国失掉了很好的青年，我在悲愤中沉静下去了，不料积习又从沉静中抬起头来，写下了以上那些字。

要写下去，在中国的现在，还是没有写处的。年青时读向子期《思旧赋》，很怪他为什么只有寥寥的几行，刚开头却又煞了尾。然而，现在我懂得了。

　　不是年青的为年老的写记念，而在这三十年中，却使我目睹许多青年的血，层层淤积起来，将我埋得不能呼吸，我只能用这样的笔墨，写几句文章，算是从泥土中挖一个小孔，自己延口残喘，这是怎样的世界呢。夜正长，路也正长，我不如忘却，不说的好罢。但我知道，即使不是我，将来总会有记起他们，再说他们的时候的。……

（三月七—八日。）

"二月"小引

鲁　迅

冲锋的战士，天真的孤儿，年青的寡妇，热情的女人，各有主义的新式公子们，死气沉沉而交头接耳的旧社会，倒也并非如蜘蛛张网，专一在待飞翔的游人，但在寻求安静的青年的眼中，却化为不安的大苦痛，这大苦痛，便是社会的可怜的椒盐，和战士孤儿等辈一同，给无聊的社会一些味道，使他们无聊地持续下去。

浊浪在拍岸，站在山冈上者和飞沫不相干，弄潮儿则于涛头且不在意，惟有衣履尚整，徘徊海滨的人，一溅水花，便觉得有所沾湿，狼狈起来。这从上述的两类人们看来，是都觉得诧异的。但我们书中的青年萧君，便正落在这境遇里。他极想有为，怀着热爱，而有所顾惜，过于矜持，终于连安住几年之处，也不可得。他其实并不能成为一小齿轮，跟着大齿轮转动，他仅是外来的一粒石子，所以轧了几下，发几声响，便被挤到女佛山——上海去了。

他幸而还坚硬，没有变成润泽齿轮的油。

但是，瞿昙（释迦牟尼）从夜半醒来，目睹宫女们睡态之丑，于是慨然出家，而霍善斯坦因以为是醉饱后的呕吐。那么，萧君的决心遁走，恐怕是胃弱而禁食的了，虽然我还无从明白其前因，是由于气质的本然，还是战后的暂时的劳顿。

我从作者用了工妙的技术所写成的草稿上，看见了近代青年中这样的一种典型，周遭的人物，也都生动，便写下一些印象，算是序文。大概明敏的读者，所得必当更多于我，而且由读时所生的诧异或同感，照见自己的姿态的罢？那实在是很有意义的。

一九二九年八月二十日，鲁迅记于上海。

我的父亲

赵帝江

父亲被害的时候,我只有七岁,事情又发生在上海,知道的人对家里又瞒得紧;另一方面,大家都怕提起这件事。所以就我来说,直到初中二年级,看了鲁迅先生《二心集》后,才明白他为什么牺牲,怎样牺牲的。我的祖母是临死的时候,还不知道她的儿子活着或死了!

二十年来,我们在国民党反动派血腥的统治下,过着困苦、委屈、被污蔑的生活。盼望解放,有如大旱之望云霓。终于在去年七月给我们望到了,才长长吐了一口气。父亲死后,那时候,我们早已和大伯、祖父母分了家。我是由祖父母抚养的,到祖母死后,才回母亲家。母亲带着五岁的妹妹和三岁的弟弟,生活是艰难的,她时常为衣食操劳,发愁。人们又讥笑她,因为她穿着宽大的不合时的衣服,亲自料理家务,叫她"顾大嫂"。然而不诉苦,也不肯去恳求别人,我们咬紧牙关生活下来。我们用沉默对待这一切,用沉默的愤怒对待这一切。碰到不幸和不如意，就以父亲的名字来安慰，这给我们希望，勇气，信心。

下面是关于他的几件事：

据母亲说，他很爱妹妹，散步时总带她一道。他对母亲说："你们都是欢喜男孩子的，女孩子你们看不起。女孩子和男孩子不一样吗？我偏要爱女孩子。"

他在家乡做教育局长时，有人谋一个小学校长，送他一只火腿，他一定还给那人。两个人将火腿推来推去，闹到离家有半里路远，直到那人非常狼狈的拿回去为止。这种地方，他是绝对不肯苟且的。

还有一件事是一个泥水匠，名叫来发。他是我们的邻居，瘦黄的脸孔，衣服上满是石灰水和煤烟。二十多岁就患肺痨死了。活着的时候，常和人说："他（指我们）的父亲为共产死的，以后一定有希望。现在他家里没有人工作，我们要帮一点忙。"有人莫名其妙的笑了，他就认真的说："真的，真的。"

柔石小传补遗

魏金枝

关于柔石事迹，鲁迅先生已经给他作有小传；而鲁迅先生的《为了忘却的记念》，及"二月"小引，对于柔石的为人为文，说得更加详尽。更有柔石长子所写的《我的父亲》，也可作为参考，本无另外写传的必要。惟鲁迅先生写这小传的当时，因环境关系，既不能畅所欲言，更无法多方采访，所以有的故意略而不言，有的稍和事实参差，因为补充如下。

柔石于一九一七年毕业于浙江宁海县正学小学。其间休学一年，于一九一八夏才进杭州浙江省立第一师范，一九二三年毕业。本想升学，因家境困难，又拟帮助他妻子读书，不得已于一九二四年任慈溪县普迪小学教员。一九二五年到北京，在北京大学旁听。其时生活极苦，常以大饼油条当饭。一九二六春返浙，任镇海县镇海中学教员。一九二七年夏回宁海故乡，任宁海中学教员。数月后即任宁海教育局局长，一面为宁海中学筹款建筑校舍，一面并设法改为县立。一九二八年四月，宁海群众在亭旁举行革命暴动，牵连到宁海中学。柔石因此逃到上海。在上海，就和鲁迅先生日渐接近，从事文艺活动。一九三〇年五月间，加入中国共产党，因在东方旅馆开会被捕，以至被害。其余一如小传所记，不赘。

目 次

出版说明 / 001
编辑凡例 / 007
柔石小传　鲁迅 / 009
为了忘却的记念　鲁迅 / 011
"二月"小引　鲁迅 / 022
我的父亲　赵帝江 / 024
柔石小传补遗　魏金枝 / 026

为奴隶的母亲 / 001
二月 / 026

为奴隶的母亲

她底丈夫是一个皮贩,就是收集乡间各猎户底兽皮和牛皮,贩到大埠上出卖的人。但有时也兼做点农作,芒种的时节,便帮人家插秧,他能将每行插得非常直,假如有五人同在一丘水田内,他们一定叫他站在第一个做标准。然而境况总是不佳,债是年年积起来了。他大约就因为境况的不佳,烟也吸了,酒也喝了,钱也赌起来了。这样,竟使他变做一个非常凶狠而暴躁的男子,但也就更贫穷下去,连小小的移借,别人也不敢答应了。

在穷底结果的病以后,全身便变成枯黄色,脸孔黄的和小铜鼓一样,连眼白也黄了。别人说他是黄胆病,孩子们也就叫他"黄胖"了。有一天,他向他底妻说:

"再也没有办法了,这样下去,连小锅子也要卖去了。我想,还是从你底身上设法罢。你跟着我挨饿,有什么办法呢?"

"我底身上?……"

他底妻坐在灶后,怀里抱着她底刚满五周的男小孩——孩子还在啜着奶,她讷讷地低声地问。

"你,是呀,"她底丈夫病后的无力的声音:"我已经将你出典了……"

"什么呀！"他底妻几乎昏去似的。

屋内是稍稍静寂了一息。他气喘着说：

"三天前，王狼来坐讨了半天的债回去以后，我也跟着他去，走到了九亩潭边，我很不想要做人了。但是坐在那株爬上去一纵身就可落在潭底里的树下，想来想去，总没有力气跳了。猫头鹰耳朵边不住地啭，我底心被它叫寒起来，我只得回转身，但在路上遇见了沈家婆，她问我，晚也晚了，在外边做什么。我就告诉她，请她代我借一笔款，或向什么人家的小姐借些衣服或首饰去暂时当一当，免得王狼底狼一般的绿眼睛天天在家里闪烁。可是沈家婆向我笑道：

'你还将妻养在家里做什么呢，你自己黄也黄到这个地步了？'

我低头站在她面前没有答，她又说：

'儿子呢，你只有一个，舍不得。但妻——'

我当时想，'莫非叫我卖去妻么？'而她继续道：

'但妻——虽然是结发的，穷了，也没有法。还养在家里做什么呢？'

这样，她就直说出：'有一个秀才，因为没有儿子，年纪已五十岁了，想买一个妾；又因他底大妻不允许，只准他典一个，典三年或五年，叫我物色相当的女人：年纪约三十岁左右，养过两三个儿子的，人要稳重老诚，又肯做事，还要对他底大妻肯低眉下首。这次是秀才娘子向我说的，假如条件合，肯出八十元或一百元的身价。我代她寻了好几天，总没有相当

的女人。她说：现在碰到我，想起了你来，样样都对的。当时问我底意见怎样，我一边掉了几滴泪，一边却被她说的答应她了。'

说到这里，他垂下头，声音很低弱，停止了。他底妻简直痴似的。话一句没有。又静寂了一息，他继续说：

"昨天，沈家婆到过秀才底家里，她说秀才很高兴，秀才娘子也喜欢，钱是一百元，年数呢，假如三年养不出儿子是五年。沈家婆并将日子也拣定了……本月十八，五天后。今天，她写典契去了。"

这时，他底妻简直连腑脏都颤抖，吞吐着问："你为什么早不对我说？"

"昨天在你底面前旋了三个圈子，可是对你说不出，不过我仔细想，除出将你底身子设法外，再也没有办法了。"

"决定了么？"妇人战着牙齿问。

"只待典契写好。"

"倒霉的事情呀，我！一点也没有别的方法了么？春宝底爸呀！"春宝是她怀里的孩子底名字。

"倒霉，我也想到过，可是穷了，我们又不肯死，有什么办法？今年，我怕连插秧也不能插了。"

"你也想到过春宝么？春宝还只有五岁，没有娘，他怎么好呢？"

"我领他便了。本来是已经断了奶的孩子。"

他似乎渐渐发怒了。也就走出门外去了。她，却呜呜咽咽地哭起来。

这时，在她过去的回忆里，却想起恰恰一年前的事：那时她生下了一个女儿，她简直如死去一般地卧在床上。死还是整个的，她那时却肢体分作四碎与五裂。刚落地的女婴，在地上的干草堆上叫，"呱呀，呱呀，"声音很重的，手脚揪缩。脐带绕在她底身上，胎盘落在一边，她很想挣扎起来给她洗好，可是她底头昂起来，身子凝滞在床上。这样，她看见她底丈夫，这个凶狠的男子，飞红着脸，提了一桶沸水到女婴的旁边。她简直用了她一生底最后的力向他喊："慢！慢……"但这个病前极凶狠的男子，没有一分钟商量的馀地，也不答半句话，就将"呱呀，呱呀"声音很重地在叫着的女儿，刚出世的新生命，用他底粗暴的两手捧起来，如屠户捧了将杀的小羊一般，扑通，投下在沸水里了！除出沸水的溅声和皮肉吸收沸水的嘶声以外，女孩一声也不喊——她疑问地想，为什么也不重重地哭一声呢？竟这样不响地愿意的冤枉的死去么？啊！——她转念，那是因为她自己当时昏过去的缘故，她当时似剜去了心一般地昏去了。

想到这里，似乎泪竟干涸了。"唉！苦命呀！"她低低地叹息了一声。这时春宝拔去了奶头，向他底母亲的脸上看，一边叫"妈妈！妈妈！"

在她将离别底前一晚，她拣了房子底最黑暗处坐着。一盏油灯点在灶前，萤火那么的光亮。她，手里抱着春宝，将她底头贴在他底头发上。她底思想似乎浮漂在极远，可是她自己捉摸不定远在哪里。终于是它慢慢地跑回来，跑到眼前，跑到她底孩子底身上。她向她底孩子低声叫：

"春宝，宝宝！"

"妈妈，"孩子含着奶头答。

"妈妈明天要去了……！"

"唔，"孩子似不十分懂得，本能地将头钻进他母亲底胸膛。

"妈妈不回来了，三年内不能回来了！"

她擦一擦眼睛，孩子放松口子问：

"妈妈哪里去呢？庙里么？"

"不是，三十里路外，一家姓李的。"

"我也去。"

"宝宝去不得的。"

"呃！"孩子反抗地，又吸着并不多的奶。

"你跟爸爸在家里，爸爸会照料宝宝的：同宝宝睡，也带宝宝玩，你听爸爸的话好了。过三年，……"她没有说完，孩子要哭似地说：

"爸爸要打我的！"

"爸爸不再打你了，"同时用她底左手抚摸着孩子底右额，在这上，有他父亲在杀死他刚生下的妹妹后第三天，用锄柄敲他，肿起而又平复了的伤痕。

她似要还想对孩子说话，她底丈夫踏进门了。他走到她底面前，一只手放在袋里，掏取着什么，一边说：

"钱已经拿来七十元了。还有三十要等你到了后十天付。"

停了一息说，"也答应轿子来接。"

又停了一息,"也答应轿夫一早吃好早饭来。"

这样,他又离开了她,向门外走出去了。

这一晚,她和她底丈夫都没有吃晚饭。

第二天,春雨竟滴滴淅淅地落着。

轿子是一早就到了。可是这妇人,她却一夜不曾睡。她先将春宝底几件破衣服都修补好;春将完了,夏将到了,可是她,连孩子冬天用的破烂棉袄都拿出来,移交给他底父亲——实在,他已经在床上睡去了。以后,她坐在他底旁边,想对他说几句话,可是长夜甚迟延着过去,她底话,一句也说不出。而且,她大着胆向他叫了几声,发了几个听不清楚的音,声音在他底耳外,她也就睡下不说了。

等她朦朦胧胧地离却思索将要睡去,春宝又醒了。他就推叫他底母亲,要起来。以后当她给他穿衣服的时候,向他说:

"宝宝,你好好地在家里,不要哭,免得你爸爸打你。以后妈妈常买糖果来,买给宝宝吃,宝宝不要哭。"

而小孩子竟不知道悲哀是什么一回事,张大口子"唉,唉,……"的唱起来了。她在他底唇边吻了一吻,又说:

"不要唱,你爸爸被你唱醒了。"

轿夫坐在门首的板凳上,抽着旱烟,说着他们自己要听的话。一息,邻村的沈家婆也赶到了。一个老妇人,熟识世故的媒婆,一进门,就拍拍她身上的雨点,向他们说:

"下雨了,下雨了,这是你们家里此后会有滋长的预兆。"

老妇人忙碌似的在屋内旋了几个圈,对孩子底父亲说了几句话,意思是讨酬报。因为这件契约之能订的如此顺利而合算,实在是她底力量。

"说实在话,春宝底爸呀,再加五十元,那老头子可以买一房妾了,"她说。

于是又转向催促她——妇人却抱着春宝,这时坐着不动。老妇人声音很高地:

"轿夫要赶到他们家里吃中饭的,你快些预备走呀!"

可是妇人向她瞧了一瞧,似乎说:"我实在不愿离开呢!让我饿死在这里罢!"

声管是在她底喉下,可是媒婆懂得了,走近到她面前,迷迷地向她笑说:

"你真是一个不懂事的丫头,黄胖还有什么东西给你呢?那边真是一份有吃有剩的人家,两百多亩田,经济很宽裕,房子是自己底,也雇着长工养着牛。大娘底性子是极好的,对人非常客气,每次看见人总给人一些吃的东西。那老头子——实在并不老,脸是很白白的,却没有留胡子,因为读了书,背有些佝偻的,斯文的模样。可是也不必多说,你一走下轿就看见的,我是一个从不说谎的媒婆。"

妇人拭一拭泪,极轻的:

"春宝……我怎么能抛开他呢!"

"不用想到春宝了,"老妇人一手放在她底眉上,脸凑近她和春宝。"有五岁了,古人说:'三周四岁离娘身,'可以离开你了。只要你底肚子争气些,到那边,也养下一二个来,万事都好了。"

轿夫也在门首催起身了，他们噜苏着说：

"又不是新娘子，啼啼哭哭的。"

这样，老妇人将春宝从她底怀里拉去，一边说：

"春宝让我带去罢。"

小小的孩子也哭了，手脚乱舞的，可是老妇人终于将他抱到小门外去。当妇人走进轿门的时候，向他们说：

"带进屋里来罢，外边有雨呢。"

她底丈夫用手支着头坐着，一动没有动，而且也没有话。

两村的相隔有三十里路，可是当轿夫的第二次将轿子放下肩时，就到了。春天的细雨，从轿子底布篷里飘进，吹湿了她底衣衫。一个脸孔肥肥的，两眼很有心计的约摸五十四五岁的老妇人来迎接她，她想：这当然是大娘了。可是只向她满面羞涩地看一看，并没有叫。她很亲昵似地将她牵上沿阶，一个长长的瘦瘦的而面孔圆细的男子就从房里走出来。他向新来的少妇，仔细地瞧了瞧，堆出满脸的笑容来，向她问：

"这么早就到了么？可是打湿你底衣裳了。"

而那个老妇人，却简直没有顾到他底说话，也向她问：

"还有什么东西在轿里么？"

"没有什么了，"少妇答。

几位邻舍的妇人站在大门外，探头张望的；可是她们走进屋里面了。

她自己也不知道这究竟为什么，她底心老是挂念着她底旧的家，掉不下她底春宝。这是真实而明显的，她应庆祝这将开始的三年的生活——这个家庭，和她所典给他的丈夫，都比曾经过去的要好，秀才确是一个温良和善的人，讲话是那么的低声，连大娘，实在也是一个出乎意料之外的妇人，她底态度之殷勤，和滔滔的一席话：说她和她丈夫底过去的生活之经过，从美满而漂亮的结婚生活起，一直到现在，中间的三十年。她曾做过一次的产，十五六年以前了，养下了一个男孩子，据她说，是一个极美丽又极聪明的婴儿，可是不到十个月，竟患了天花死去了。这样，以后就没有再养过第二个。在她底意思中，似乎——似乎——早就叫她底丈夫娶一房妾，可是他，不知是爱她呢，还是没有相当的人——这一层她并没有说清楚：于是，就一直到现在。这样，竟说得这个具着朴素的心地的她，一时酸，一会苦，一时甜上心头，一时有盐的压下去了。最后，这个老妇人并将她底希望也向她说出来了。她底脸是娇红地，可是老妇人说：

"你是养过三四个孩子的女人了，当然，你是知道什么的，你一定知道的还比我多。"

这样，她说着走开了。

当晚，秀才也将家里种种情形告诉她，实际，不过是向她夸耀或求媚罢了。她坐在一口橱子的旁边，这样的红的木橱，是她旧的家所没有的，她眼睛白晃晃地瞧着它。秀才也就坐到橱子底面前来，问她：

"你叫什么名字呢？"

她没有答，也没有笑，站起来，走到床底前面，秀才也跟到床旁边，带笑地问她：

"怕羞么？哈，你想你底丈夫么？哈，哈，现在我是你底丈夫了。"声音是轻轻的，又用手去牵她底袖子。"不要愁罢！你也想你底孩子的，是不是？不过——"

他没有说完却又哈哈的笑了一声，他自己脱去他外面的长衫了。

她可以听见房外的大娘底声音在高声地骂着什么人，她一时听不出在骂谁，骂烧饭的女仆，又好像在骂她自己，可是因为她底怨恨，仿佛又是为她而发的。秀才在床上叫道：

"睡罢，她常是这么噜噜苏苏的。她以前很爱那个长工，因为长工要和烧饭的黄妈多说话，她却常要骂黄妈的。"

日子是一天天地过去了。旧的家，渐渐地在她底脑子里疏远了，而眼前，却一步步地亲近她使她熟悉。虽则，春宝底哭声有时竟在她底耳朵边响，梦中，她有几次的遇到过他了。可是梦是一个比一个缥缈，眼前的事务是一天比一天繁多。她知道这个老妇人是猜忌多心的，外表虽则对她还算大方，可是她底嫉妒的心是和侦探一样，监视着秀才和她的一举一动。有时，秀才从外面回来，先遇见了她而同她说话，老妇人就疑心有什么特别的东西买给她了，非在当晚，将秀才叫到她自己底房内去，狠狠地训斥一番不可。"你给狐狸迷着了么？""你应该称一称你自己底老骨头是多少重！"像这样的话，她耳闻到不止一次了。这样以后，她望见秀才从外面回来而旁边没有她坐着的时候，就非得急忙避开不可。即使她在旁边，有时也该让开一些，但这种动作，她要做的非常自然，而且不能让旁人看出，否则，她又要向她发怒，说是她有意要在旁人的前面暴露她大娘底丑恶。而且以后,竟将家里的许多杂务都堆积在她底身上,同一个女仆那么样。她还算是聪明的,有时老妇人底换下来的衣服放着,她也给她拿去洗了,虽然她说:

"我底衣服怎么要你洗呢?就是你自己底衣服,也可叫黄妈洗的。"可是接着说:

"妹妹呀,你最好到猪栏里去看一看,那两只猪为什么这样呃呃叫的,或者因为没有吃饱罢,黄妈总是不肯给它吃饱的。"

八个月了,那年冬天,她底胃却起了变化:老是不想吃饭,想吃新鲜的面,番薯等。但番薯或面吃了两餐,又不想吃,又想吃馄饨,多吃又要呕。而且还想吃南瓜和梅子——这是六月里的东西,真稀奇,向哪里去找呢?秀才是知道在这变化中所带来的预告了。他镇日的笑微微,能找到的东西,总忙着给她找来。他亲身给她到街上去买橘子,又托便人买了金柑来。他在廊沿下走来走去,口里念念有词的,不知说什么。他看她和黄妈磨过年的粉,但还没有磨到三升,就向她叫:"歇一歇罢,长工也好磨的,年糕是人人要吃的。"

有时在夜里,人家谈着话,他却独自拿了一盏灯,在灯下,读起《诗经》来了:"关关雎鸠,在河之洲,窈窕淑女,君子好逑——"

这时长工向他问:

"先生,你又不去考举人,还读它做什么呢?"

他却摸一摸没有胡子的口边,悦悦地说道:

"是呀,你也知道人生底快乐么?所谓:'洞房花烛夜,金榜挂名时。'你也知道这两句话底意思么？这是人生底最快乐的两件事呀！可是我对于这两件事都过去了，我却还有比这两件更快乐的事呢！"

这样，除出他底两个妻以外，其馀的人们都大笑了。

这些事，在老妇人眼睛里是看得非常气恼了。她起初闻到她底受孕也欢喜，以后看见秀才的这样奉承她，她却怨恨她自己肚子底不会还债了。有一次，次年三月了，这妇人因为身体感觉不舒服，头有些痛，睡了三天。秀才呢，也愿她歇息歇息，更不时的问她要什么，而老妇人着实地发怒了。她说她装娇，噜噜苏苏的也说了三天。她先是恶意地讥嘲她：说是一到秀才底家里就高贵起来了，什么腰酸呀，头痛呀，姨太太的架子都摆出来了；以前在她自己底家里，她不相信她有这样的娇养，恐怕竟和街头的癞狗一样，肚子里有着一肚皮的小狗，临产了，还要到处的奔求着食物。现在呢，因为"老东西"——这是秀才的妻叫秀才的名字——趋奉了她，就装着娇滴滴的样子了。

"儿子，"她有一次在橱房里对黄妈说："谁没有养过呀？我也曾有过十个月的孕，不相信有这么的难受。而且，此刻的儿子，还在'阎罗王的簿里'，谁保的定生出来不是一只癞虾蟆呢？也要等真的'鸟儿'从洞里钻出来看见黑白了，才可在我底面前显威风，摆架子，此刻，不过是一块血的猫头鹰，就这么的装腔，也显得太早一点！"

当晚这妇人没有吃晚饭，这时她已经睡了，听了这一番恶毒的冷嘲与热骂，她呜呜咽咽地低声哭泣了。秀才也带衣服坐在床上，听到浑身透着冷汗，发起抖来。他很想扣好衣服，重新走起来去打她一顿，抓住她底头发狠狠地打她一顿，泄泄他一肚皮的气。但不知怎样，似乎没有力量，连指也颤动，臂也酸软了。一边轻轻地叹息着说："唉，一向实在太对她好了。结婚了三十年没有打过她一掌，简直连指甲都没有弹到她底皮肤上过，所以今日竟和娘娘一般地难惹了。"

同时，他爬到床底那端，在她底身边向她耳语说：

"不要哭罢，不要哭罢，随她吠去好了！她是阉过的母鸡，看见别人的孵卵是难受的。假如你这一次真能养出一个男孩子来，我当送你两样宝贝——我有一只青玉的戒指，一只白玉的……"他没有说完，可是他忍不住听下门外的他底大妻底喋喋的讥笑的声音，他急忙也脱去了衣服，将头钻进被窝里去，凑向她底胸腔，一边说：

"我有白玉的……"

肚子一天天地膨胀的如斗那么大，老妇人终究也将产婆婆定了，而且在别人的面前，竟拿起花布来做婴儿用的衣服。

酷热的暑天到了尽头，旧历的六月，他们在希望的眼中过去了。秋开始，凉风也拂拂地在乡镇上吹送。于是有一天，这全家的人们都动了希望底最高潮，屋里底空气完全地骚动起来。秀才底心更是异常的紧张，他在天井上不断地徘徊，手里捧着一本历书，好似要把它读的背诵那么的念去——"戊辰""甲戌""壬寅"，老是反覆地轻轻地说着。有时候他底焦急的眼光向一间关了窗的房子望去——在这间房子内是有产母底低声叫吟的声音；有时他向天上望一望被云笼罩着的太阳，于是

又走向房门口,向站在房门内的黄妈问:

"此刻如何?"

黄妈不住地点着头不做声响,一息,答:

"快下来了,快下来了。"

于是他又捧了那本历书,在廊下徘徊起来。

这样的情形,一直继续到黄昏底青烟在地面起来,灯火一盏盏的如春天的野花般在屋内开起,婴儿才落地了,是一个男的。婴儿底声音是很重地在屋内叫,秀才却坐在屋角里,几乎快乐到流出眼泪来了。全家的人都没有心思吃晚饭,在平淡的晚餐席上,秀才底大妻向佣人们说道:

"暂时瞒一瞒罢,给小猫头避避晦气;假如别人问起,也答养一个女的好了。"

他们都微笑地点点头。

一个月以后,婴儿底白嫩的小脸孔,已在秋天的阳光里照耀了。这个少妇给他哺着奶,邻舍的妇人围着他们瞧,有的称赞婴儿底鼻子好,有的称赞婴儿底口子好,有的称赞婴儿底两耳好;更有的称赞婴儿底母亲,也比以前好,白而且壮了。老妇人却正和老祖母那么的盼咐着,保护着,这时开始说:

"够了,不要弄他哭了。"

关于孩子底名字,秀才煞费苦心地想着,但总想不出一个相当的字来。据老妇人底意见,还是从"长命富贵"或"福禄寿喜"里拣一个字,最好还是寿字或与寿同意义的字,如"其颐""彭祖"等。但秀才不同意,以为太通俗,人云亦云的名字。于是翻开了《易经》《书经》，向这里面找，但找了半月，一月，还没有恰贴的字。在他底意思：以为在这个名字内，一边要祝福孩子，一边要包含他底老而得子底蕴义，所以竟不容易找。这一天，他一边抱着三个月的婴儿，一边又向书里找名字，戴着一副眼镜，将书递到灯底旁边去。婴儿底母亲呆呆地坐在房内底一边，不知思想着什么，却忽然开口说道：

"我想，还是叫他'秋宝'罢。"屋内的人们底几对眼睛都转向她，注意地静听着："他不是生在秋天吗？秋天的宝贝——还是叫他'秋宝'罢。"

秀才呆了一息，立刻接着说道："是呀，我真煞费心思了。我年过半百，实在到了人生的秋期；孩子也正养在秋天；'秋'是万物成熟的季节，秋宝，实在是一个很好的名字呀！而且《书经》里没有载着么？'乃亦有秋'，我真乃亦有'秋'了！"

接着，又称赞了一通婴儿底母亲：说是呆读书实在无用，聪明是天生的。这些话，说的这妇人连坐着都觉得局促不安，垂下头，苦笑地又含泪的想：

"我不过因春宝想到罢了。"

秋宝是天天成长的非常可爱地离不开他底母亲了。他有出奇的大的眼睛，对陌生人是不倦地注视地瞧着，但对他底母亲，却远远地一眼就知道了。他整天地抓住了他底母亲，虽则秀才是比她还爱他，但不喜欢父亲，秀才底大妻呢，表面也爱他，似爱她自己亲生的儿子一样，但在婴儿底大眼睛里，却看她是陌生人，也用奇怪的不倦的视法。可是他的执住他底母亲愈紧，而他底母亲离开这家的日子也愈近了。春天底口子咬住了冬天底尾巴；而夏天底脚又常是紧随着在春天底身后的；这样，谁都将孩子底母亲底三年快到的问题横放在心头上。

秀才呢，因为爱子的关系，首先向他底大妻提出来了；他愿意再拿出一百元钱，将她永远买下来。可是他底大妻底回答是：

"你要买她，那先给我药死罢！"

秀才听到这句话，气的只向鼻孔放出气，许久没有说；以后，他反而做着笑脸的：

"你想想孩子没有娘……？"老妇人也尖利地冷笑地说：

"我不好算是他底娘么？"

在孩子底母亲的心呢，却正矛盾着这两种的冲突了：一边，她底脑里老是有"三年"这两个字，三年是容易过去的，于是她底生活便变作在秀才底家里底佣人似的了。而且想象中的春宝，也同眼前的秋宝一样活泼可爱，她既舍不得秋宝，怎么就能舍得掉春宝呢？可是另一边，她实在愿意永远在这新的家里住下去，她想，春宝的爸爸不是一个长寿的人，他底病一定是在三五年之内要将他带走到不可知的异国里去的，于是，她便要求她底第二个丈夫，将春宝也领过来，这样，春宝也在她底眼前。

有时，她倦坐在房外的沿廊下，初夏的阳光，异常地能令人昏朦的起幻想，秋宝睡在她底怀里，含着她底乳，可是她觉得仿佛春宝同时也站在她底旁边，她伸出手去也想将春宝抱近来，她还要对他们兄弟两人说几句话，可是身边是空空的。

在身边的较远的门口，却站着这位脸孔慈善而眼睛凶毒的老妇人，目光注视着她。这样，她也恍恍惚惚地敏悟："还是早些脱离罢，她简直探子一样地监视着我了。"可是忽然怀内的孩子一叫，她却又什么也没有的只剩着眼前的事实来支配她了。

以后，秀才又将计划修改了一些，他想叫沈家婆来，叫她向秋宝底母亲底前夫去说，他愿否再拿进三十元——最多是五十元，将妻续典三年给秀才。秀才对他底大妻说：

"要是秋宝到五岁，是可以离开娘了。"

他底大妻正是手里捻着念佛珠，一边在念着"南无阿弥陀佛"，一边答：

"她家里也还有前儿在，你也应放她和她底结发夫妇团聚一下罢。"

秀才低着头，断断续续地仍然这样说：

"你想想秋宝两岁就没有娘……"

可是老妇人放下念佛珠说："我会养的，我会管理他的，你怕我谋害了他么？"

秀才一听结末一句话，就拔步走开了。老妇人仍在后面说：

"这个儿子是帮我生的，秋宝是我底；绝种虽然是绝了你家底种，可是我却仍然吃着你家底饭。你真被迷了，老昏了，一点也不会想了。你还有几年好活，却要拼命拉她在身边，双连牌位，我是不愿意坐的！"

老妇人似乎还有许多刻毒的锐利的话，可是秀才远远地走开听不见了。

在夏天,婴儿底头生了一个疮,有时身体稍稍发些热,于是这个老妇人就到处的问菩萨,求佛药,给婴儿敷在疮上,或灌下肚里,婴儿的母亲觉得并不十分要紧,反而使这样小小的生命哭成一身的汗珠,她不愿意,或将吃了几口的药暗地里拿去倒掉了。于是这个老妇人就高声叹息,向秀才说:

"你看,她竟一点也不介意他底病,还说孩子是并不怎样瘦下去。爱在心里的是深的;专疼表面是假的。"

这样,妇人只有暗自挥泪,秀才也不说什么话了。

秋宝一周纪念的时候,这家热闹的排了一天的酒筵,客人也到了三四十,有的送衣服,有的送面,有的送银制的狮头,给婴儿挂在胸前的,有的送镀金的寿星老头儿,给孩子钉在帽上的,许多礼物,都在客人底袖子里带来了。他们祝福着婴儿的飞黄腾达,赞颂着婴儿的长寿永生;主人底脸孔,竟是荣光照耀着,有如落日的云霞反映着在他底颊上似的。

可是在这天,正当他们筵席将举行的黄昏时,来了一个客,从朦胧的暮光中向他们底天井走进,人们都注意他:一个憔悴异常的乡人,衣服补衲的,头发很长,在他底腋下,挟着一个纸包。主人骇异地迎上前去,问他是哪里人,他口吃吃的答了,主人一时糊涂的,但立刻明白了,就是那个皮贩。主人更轻轻地说:

"你为什么也送东西来呢?你真不必的呀!"

来客胆怯地向四周看看,一边答说:

"要,要的……我来祝贺这个宝贝长寿千……"

他话没有说完,一边将腋下的纸包打开来了,手指颤动的打开了两三重的纸,于是拿出四只铜制镀银的字,一方寸那么大,是"寿比南山"四字。

秀才底大娘走来了,向他仔细一看,似乎不大高兴。秀才却将他招待到席上,客人们互相私语着。

两点钟的酒与肉,将人们弄得胡乱与狂热了:他们高声猜着拳,用大碗盛着酒互相比赛,闹得似乎房子都被震动了。只有那个皮匠,他虽然也喝了两杯酒,可是仍然坐着不动。客人们也不招呼他。等到兴尽了,于是各人草草地吃了一碗饭,互祝着好话,从两两三三的灯笼光影中,走散了。

而皮贩,却吃到最后,用人来收拾羹碗了,他才离开了桌,走到廊下的黑暗处。在那里,他遇见了他底被典的妻。

"你也来做什么呢?"妇人问,语气是非常凄惨的。

"我哪里又愿意来,因为没有法子。"

"那末你为什么来的这样晚?"

"我哪里有买礼物的钱呀?!奔跑了一上午,哀求了一上午,又到城里买礼物,走得乏了,饿了,也迟了。"

妇人接着问:"春宝呢?"

男子沉吟了一息答:

"所以,我是为春宝来的。……"

"为春宝来的?"妇人惊异地回音似的问。男人慢慢地说:

"从夏天来,春宝是瘦的异样了。到秋天,竟病起来了。我又哪里有钱给他请医生吃药,所以现在,病是更厉害了!再不想法救救他,眼见得要死了!"静寂了一刻,继续说:"现在,我是向你来借钱的……"

这时妇人底胸膛内，简直似有四五只猫在抓她，咬她，咀嚼着她底心脏一样。她恨不得哭出来，但在人们个个向秋宝祝颂的日子，她又怎样好跟在人们底声音后面叫哭呢？她吞下她底眼泪，向她底丈夫说：

"我又哪里有钱呢？我在这里，每月只给我两角钱的另用，我自己又哪里要用什么，悉数补在孩子底身上了。现在，怎么好呢？"

他们一时没有话，以后，妇人又问：

"此刻有什么人照顾着春宝呢？"

"托了一个邻舍。今晚，我仍旧想回家，我就要走了。"

他一边说着，一边揩着泪。女的同时哽咽着说：

"你等一下罢，我向他去借借看。"

她就走开了。

三天以后的一天晚上，秀才忽然问这妇人道：

"我给你的那只青玉戒指呢？"

"在那天夜里，给了他了。给了他拿去当了。"

"没有借你五块钱么？"秀才愤怒的。

妇人低着头停了一息答：

"五块钱怎么够呢！"

秀才接着叹息说："总是前夫和前儿好，无论我对你怎么样！本来我很想再留你两年的，现在，你还是到明春就走罢！"

女人简直连泪也没有的呆着了。

几天后，他还向她那么的说："那只戒指是宝贝，我给你是要你传给秋宝的,谁知你一下就拿去当了!幸得她不知道,要是知道了,有三个月好闹了!"

妇人是一天天地黄瘦了。没有精采的光芒在她底眼睛里起来,而讥谈与冷骂的声音又充塞在她底耳内了。她是时常记念着她底春宝的病的,探听着有没有从她底本乡来的朋友,也探听着有没有向她底本乡去的便客,她很想得到一个关于"春宝的身体已复原"的消息,可是消息总没有;她也想借两元钱或买些糖果去,方便的客人又没有,她不时的抱着秋宝在门首过去一些的大路边,眼睛望着来和去的路。这种情形却很使秀才底大妻不舒服了,她时常对秀才说:

"她哪里愿意在这里呢,她是极想早些飞回去的。"

有几夜,她抱着秋宝在睡梦中突然喊起来,秋宝也被吓醒,哭起来了。秀才就追逼地问:"你为什么?你为什么?"

可是女人拍着秋宝,口子哼哼没有答。秀才继续说:

"梦着你底前儿死了么,那么地喊?连我都被你叫醒了。"

女人急忙地一边答:"不,不,……好像在我底前面有一圹新坟呢!"

秀才没有再讲话,而悲哀的幻像更在女人底前面展现开来,似她自己要走向这坟去。

冬末了,催离别的小鸟已经到她窗前不住地叫了。先是孩子断了奶,又叫道士们来给孩子度了一个关,于是孩子和他亲生的母亲的别离——永远别离的运命就被决定了。

这一天,黄妈先悄悄地向秀才底大妻说:

"叫一顶轿子送她去么?"

秀才底大妻还是手里捻着念佛珠说:"走走好罢,到那边轿钱是那边付的,她又哪里有钱呢,听说她底亲夫连饭都没得吃,她不必摆阔了。路也不算远,我也是曾经走过三四十里路的人,她底脚比我大,半天可以到了。"

这天早晨当她给秋宝穿衣服的时候,她底泪如溪水那么地流下,孩子向她叫,"婶婶,婶婶,"——因为老妇人要他叫她自己是"妈妈",只准叫她是"婶婶"——她向他哽咽地答应。她很想对他说几句话,意思是:

"别了,我底亲爱的儿子呀!你底妈妈待你是好的,你将来也好好地待还她罢,永远不要再记念我了!"可是她无论怎样也说不出。她也知道一周半的孩子是不会了解她底话的。

秀才悄悄地走向她,从她背后的腋下伸进手来,在他底手内是十枚双毫角子,一边轻轻说:

"拿去罢,这两块钱。"

妇人扣好孩子底钮扣,就将角子塞在怀内的衣袋里。

老妇人又进来了,注意着秀才走出去的背后,又向妇人说:

"秋宝给我抱去罢,免得你走时他哭。"

妇人不做声响,可是秋宝总不愿意,用手不住地拍在老妇人底脸上。于是老妇人生气地又说:

"那末你同他去吃早饭去罢,吃了早饭交给我。"

黄妈拼命地劝她多吃饭,一边说:

"半月来你就这样了,你真比来的时候还瘦了。你没有去照照镜子。今天,吃一碗下去罢,你还要走三十里路呢。"

她只不关紧要地说了一句:"你对我真好!"

但是太阳是升的非常高了,一个很好的天气,秋宝还是不肯离开他底母亲,老妇人便狠狠将他从她怀里夺去,秋宝用小小的脚踢在老妇人底肚子上,用小小的拳头抓住她底头发,高声呼喊地,妇人在后面说:

"让我吃了中饭去罢。"

老妇人转过头,汹汹地答:

"赶快打起你包袱去罢,早晚总有一次的!"

孩子底哭声便在她底耳内渐渐地远去了。

打包里的时候,耳内是听着孩子底哭声。黄妈在旁边,一边劝慰着她,一边却看她打进什么去。终于,她挟着一只旧的包裹走了。

她离开他底大门时,听见她底秋宝的哭声;可是慢慢地远远地走了三里路了,还听见她的秋宝的哭声。

暖和的太阳所照耀着的路,在她底面前竟和天一样无穷止的长。当她走到一条河边的时候,她很想停止她底那么无力的脚步,向明澈可以照见她自己底身子的水底跳下去了。但在水边坐了一会之后,她还得依前去的方向,移动她自己底影子。

太阳已经过午了,一个村里的年老乡人告诉她,路还有十五里;于是她向那个老人说:

"伯伯,请你代我就近叫了一顶轿子罢,我是走不回去了!"

"你是有病的么?"老人问。

"是的。"

她那时坐在村口的凉亭里面。

"你从哪里来？"

妇人静默了一时答：

"我是向那里去的；早晨我以为自己会走的。"

老人怜悯地也没有多说话，就给她找了两位轿夫，一顶没篷的轿子。那时是下秧的时节。

下午三四时的样子，一条狭窄而污秽的乡村小街上，抬过了一顶没篷的轿子，轿里躺着一个脸色枯萎如同一张干瘪的黄菜叶一样的中年妇人，两眼朦胧颓唐地闭着。嘴里的呼吸只有微弱的吐出。街上的人们个个睁着惊异的目光，怜悯地凝视着过去。一群孩子们，争噪地跟在轿后，好像一件奇异的事情落到这沉寂的小村镇里来了。

春宝也是跟在轿后的孩子们中底一个，他还在似赶猪那么地哗着轿子走，可是当轿子一转一个弯，却是向他底家里去的路，他却伸直了他底哗着的两手而奇怪了，等到轿子到了他家里的门口，他简直发呆似地远远地站在前面，背靠在一株柱子上，面向着轿子，其馀的孩子们胆怯地探头的围在轿子的两边。妇人走出来了，她昏迷的眼睛还认不清站在前面的，穿着褴褛的衣服，头发蓬乱的，身子和三年前一样的短小，那个八岁的孩子是她底春宝。突然，她哭出来的高叫了：

"春宝呀！"

一群孩子们，个个无意地吃了一惊，退散了。而春宝简直吓的躲进屋里他父亲那里去了。

妇人在灰暗的屋内坐了许久许久，她和她底丈夫都没有一

句话。夜色降落了,他下垂的头昂起来,向她说:

"烧饭吃罢!"

妇人就不得已地站起来,向屋角上旋转了一周,一点也没有气力地对她丈夫说:

"米缸里是空空的……"

男人冷笑了一声,答说:

"你真在大户人家底家里生活过来了!米,盛在那只香烟盒子内。"

当天晚上,男子向他底儿子说:

"春宝,跟你底娘去睡!"

而春宝却靠在灶边哭起来了。他底母亲走近他,一边叫:

"春宝,宝宝!"可是当她底手去抚摸他底时候,他又躲闪开了。男子加上说:

"会生疏得那么快,一顿打呢!"

她眼睁睁地睡在一张龌龊的狭板床上,春宝陌生似地睡在她底身边。在她底已经麻木的脑内,仿佛秋宝肥白可爱地在她身边挣动着,她伸出两手想去抱,可是身边是春宝。这时,春宝睡着了,转了一个身,他底母亲紧紧地将他抱住,而孩子却从微弱的鼾声中,脸伏在她底胸膛上,两手抚摩着她底两乳。

沉静而寒冷的死一般的长夜,似无限地拖延着,拖延着……

一九三〇年一月二十日

二 月

一

是阴历二月初,立春刚过了不久,而天气却奇异地热,几乎热的和初夏一样。在芙蓉镇的一所中学校底会客室内,坐着三位青年教师,静寂地各人看着各人自己手内底报纸。他们有时用手拭一拭额上的汗珠,有时眼睛向门外瞟一眼,好像等待什么人似的,可是他们没有说一句话。这样过去半点钟,其中脸色和衣著最漂亮的一位,名叫钱正兴,却放下报纸,站起,走向窗边将向东的几扇百页窗一齐都打开。一边,他稍稍有些恼怒的样子,说道:

"天也忘记做天的职司了!为什么将五月的天气现在就送到人间来呢?今天我已经换过两次的衣服了:上午由羔皮换了一件灰鼠,下午由灰鼠换了这件青缎袍子,莫非还叫我脱掉赤膊不成么?陶慕侃,你想,今年又要有变卦的灾异了——战争、荒歉、时疫,总有一件要发生呢?"

陶慕侃是坐在书架的旁边,一位年约三十岁,脸孔圆黑微胖的人；就是这所中学的创办人，现在的校长。他没有向钱正兴回话，只向他微笑的看一眼。而坐在他对面的一位，身躯结实而稍矮的人，却响应着粗的喉咙，说道：

"哎，灾害是年年不免的，在我们这个老大的国内！近三年来，有多少事：江浙大战，甘肃地震，河南盗匪，山东水灾。你们想？不过像我们这芙蓉镇呢，总还算是世外桃源，过的太平日子。"

"要来的，要来的，"钱正兴接着恼怒地说："像这样的天气！"

前一位就站了起来，没趣地向陶慕侃问：

"陶校长，你以为天时的不正，是社会不安的预兆么？"

这位校长先生又向门外望了一望，于是放下报纸，运用他老是稳健的心，笑迷迷地诚恳似的答道：

"哪里有这种的话呢！天气的变化是自然底现象，而人间底灾害，大半都是人类自己底多事造出来的；譬如战争……"

他没有说完，又抬头看一看天色，却转了低沉的语气说道：

"恐怕要响雷了，天气有要下雷雨的样子。"

这时挂在壁上的钟，正铛铛铛的敲了三下。房内静寂片刻，陶慕侃又说：

"已经三点钟了，萧先生为什么还不到呢？方谋，照时候计算应当到了。假如下雨，他是要淋湿的。"

就在他对面的那位方谋，应道：

"应当来了，轮船到埠已经有两点钟的样子。从埠到这里总只有十馀里路。"

钱正兴也向窗外望一望，馀怒未息的说：

"谁保险他今天一定来的吗？哪里此刻还不会到呢？他又不是小脚啊。"

"来的，"陶慕侃那么微笑的随口答："他从来不失信。前天的挂号信，说是的的确确今天会到这里。而且嘱我叫一位校役去接行李，我已叫阿荣去了。"

"那末，再等一下罢。"

钱正兴有些不耐烦的小姐般的态度，回到他的原位子上坐着。

正这时，有一个十三四岁的小学生，快乐地气喘地跑进会客室里来，通报的样子，叫道：

"萧先生来了，萧先生来了，穿着学生装的。"

于是他们就都站起来，表示异常的快乐，向门口一边望着。随后一两分钟，就见一位青年从校外走进来。他中等身材，脸色方正，稍呈憔悴青白的，两眼莹莹有光，一副慈惠的微笑，在他两颊浮动着。看他底头发就可知道他是跑了很远的旅程来的，既长，又有灰尘。身穿着一套厚哔叽的藏青的学生装，姿势挺直。足下一双黑色长统的皮鞋，跟着挑行李的阿荣，一步步向校门踏进。陶慕侃等立刻迎上门口，校长伸出手，两人紧紧地握着。陶校长说：

"辛苦，辛苦，老友，难得你到敝地来，我们底孩子真是幸福不浅。"

新到的青年谦和地稍为轻声的答：

"我呼吸着美丽而自然底新清空气了！乡村真是可爱哟，我许久没有见过这样甜蜜的初春底天气哩！"

陶校长又介绍了他们，个个点头微笑一笑，重又回到会客室内。陶慕侃一边指挥挑行李的阿荣，一边高声说：

"我们足足有六年没有见面，足足有六年了。老友，你却苍老了不少呢！"

新来的青年坐在书架前面的一把椅子上，同时环视了会客室——也就是这校的图书并阅报室。一边他回答那位忠诚的老友：

"是的，我恐怕和在师范学校时大不相同，你是还和当年一样青春。"

方谋坐在旁边插进说：

"此刻看来，萧先生底年龄要比陶先生大了。萧先生今年贵庚呢？"

"廿七岁。"

"照阴历算的么？那和我同年的，"他非常高兴的样子。

而陶慕侃谦逊的弯了背，似快乐到全身发起抖来：

"劳苦的人容易老颜，可见我们没有长进。钱先生，你以为对吗？"

钱正兴正呆坐着不知想什么，经这一问，似受了讽刺一般的答：

"对的，大概对的。"

这时天渐暗下来，浓云密集，实在有下雨的趋势。

他名叫萧涧秋,是一位无父母,无家庭的人。六年前和陶慕侃同在杭州省立第一师范学校毕业。当时他们两人底感情非常好,是同在一间自修室内读书,也同在一张桌子上吃饭的。可是毕业以后,因为志趣不同,就各人走上各人自己底路子了。萧涧秋在这六年之中,风萍浪迹,跑过中国底大部分的疆土。他到过汉口,又到过广州。近三年来都住在北京,因他喜欢看骆驼底昂然顾盼的姿势,和冬天底尖厉的北方底怒号的风声,所以在北京算住的最久。终因感觉到生活上的厌倦了,所以答应陶慕侃底聘请,回到浙江来。浙江本是他底故乡,可是在他底故乡内,他却没有一椽房子,一片土地的。从小就死了父母,只孑然一身,跟着一位堂姊生活。后来堂姊又供给他读书的费用,由小学而考入师范,不料在他师范学校临毕业的一年,堂姊也死去了。他满想对他底堂姊报一点恩,而他堂姊却没有看见他底毕业证书就瞑目长睡了。因此,他在人间更形孤独,他底思想,态度,也更倾向于悲哀,凄凉了。知己的朋友也很少,因为陶慕侃还是和以前同样地记着他,有时两人也通通信。陶慕侃一半也佩服他对于学问的努力,所以趁着这学期学校的改组和扩充了,再三要求他到芙蓉镇来帮忙。

当他将这座学校仔细地观察了一下以后,他觉得很满意。他心想——愿意在这校内住二三年,如有更久的可能还愿更久的做。医生说他心脏衰弱,他自己有时也感到对于都市生活有种种厌弃,只有看到孩子,这是人类纯洁而天真的花,可以使他微笑的。况且这座学校底房子,虽然不大,却是新造的,半西式的;布置,光线,都像一座学校。陶慕侃又将他底房间,位置在靠小花园的一边,当时他打开窗,就望见梅花还在落瓣。他在房内走了两圈,似乎他底过去,没有一事使他挂念的,他要在这里新生着了,从此新生着了。因为一星期的旅路的劳苦,他就向新床上睡下去。因为他是常要将他自己底快乐反映到人类底不幸的心上去的,所以,这时,他的三点钟前在船上所见的一幕,一件悲惨的故事底后影,在他脑内复现了。

小轮船从海市到芙蓉镇,须时三点钟,全在平静的河内驶的。他坐在统舱的栏杆边,眺望两岸的衰草。他对面,却有一位青年妇人,身穿着青布夹衣,满脸愁戚的。她有很大方的温良的态度,可是从她底两眼内,可以瞧出剧烈的悲哀,如骤雨在夏午一般地落过了。她底膝前倚着一位约七岁的女孩,眼秀颊红,小口子如樱桃,非常可爱。手里捻着两只橘子,正在玩弄,似橘子底红色可以使她心醉。在妇人底怀内,抱着一个约两周岁的小孩,啜着乳。这时也有一位老人,就向坐在她旁边的一位老妇问:

"李先生到底怎么哩?"

那位老妇凄惨地答:

"真的打死了!"

"真的打死了吗?"

老人惊骇地重复问。老妇继续答,她开始是无聊赖的,以后却起劲地说下去了:

"可怜真的打死了!什么惠州一役打死的,打死在惠州底北门外。听说惠州底城门,真似铜墙铁壁一样坚固。里面又排着阵图,李先生这边的兵,打了半个月,一点也打不进去。以后李先生愤怒起来,可怜的孩子,真不懂事,他自讨令箭,要一个人去冲锋。说他那时,一手握着手提机关枪,腰里佩着一把钢刀,藏着一颗炸弹;背上又背着一支短枪,真像古代的猛将,说起来吓死人!就趁半夜漆黑的时候,他去偷营。谁知城墙还没有爬上去,那边就是一炮,接着就是雨点似的排枪。李先生立刻就从半城墙上跌下来,打死了!"老妇人擦一擦眼泪,继续说:"从李先生这次偷营以后,惠州果然打进去了。城内的敌兵,见这边有这样忠勇的人,胆也吓坏了,他们自己逃散了。不过李先生终究打死了!李先生底身体,他底朋友看见,打的和蜂窠一样,千穿百孔,血肉模糊,哪里还有鼻头眼睛,说起来怕死人!"她又气和缓一些,说:"我们这次到上海去,也白跑了一趟。李先生底行李衣服都没有了,恤金一时也领不到。他们说上海还是一个姓孙的管的,他和守惠州的人一起的,都是李先生这边的敌人。所以我们也没处去多说,跑了两三处都不像衙门的样子的地方,这地方是秘密的,他们告诉我,恤金是有的,可不知道什么时候一定有。我们白住在上海也费钱,只得回家。"稍停一息,又说:"以后,可怜她们母子三人,不知怎样过活!家里一块田地也没有,屋后一方种药的园地也在前年卖掉给李先生做盘费到广东去。两年来,他也没有寄回家一个钱。现在竟连性命都还掉了!李先生本是个有志的人,人又非常好;可是总不得志,东跑西奔了几年。于是当兵去,是骗了他底妻去的,对她是说到广东考武官。谁知刚刚有些升上去,竟给一炮打死了!"

两旁的人都听得摇头叹息,嘈杂地说——像李先生这样的青年死的如此惨，实在冤枉，实在可惜。但亦无可奈何。

这时，那位青年寡妇，止不住流出泪来。她不愿她自己底悲伤的泪光给船内的众眼瞧见，几次转过头，提起她青夹衫底衣襟将泪拭了。老妇人说到末段的时候，她更低头看着小孩底脸，似乎从小孩底白嫩的包含未来之隐约的光明的脸上，可以安慰一些她内心底酸痛和绝望。女孩仍是痴痴地微笑，一味玩着橘子底圆和红色。一时她仰头向她底母亲问：

"妈妈，家里就到了喔？"

"就到了。"

妇人轻轻而冷淡的答。女孩又问：

"到了家就可吃橘子了喔？"

"此刻吃好了。"

女孩听到，简直跳起来。随即剥了橘子底皮，将红色橘皮在手心上抛了数下，藏在她母亲底怀内。又将橘子分一半给她弟弟和母亲，一边她自己吃起来，又抬头向她母亲问：

"家里就到了喔？"

"是呀，就到了。"

妇人不耐烦地。女孩又叫：

"家里真好呀！家里还有娃娃呢！"

这样，萧涧秋就离开栏杆，向船头默默地走去。

船到埠，他先望见妇人，一手抱着小孩，一手牵着少女。那位述故事的老妇人是提着衣包走在前面。她们慢慢的一步步地向一条小径走去。

这样想了一回，他从床上起来。似乎精神有些不安定，失落了物件在船上一样。站在窗前向窗外望了一望,天已经刮起风,小雨点也在干燥的空气中落下几滴。于是他又打开箱子,将几部他所喜欢的旧书都拿出来,整齐地放在书架之上。又抽出一本古诗来,读了几首,要排遣方才的回忆似的。

二

从北方送来的风,一阵比一阵猛烈,日间的热气,到傍晚全有些寒意了。

陶慕侃领着萧涧秋、方谋、钱正兴三人到他家里吃当夜的晚饭。他底家离校约一里路,是旧式的大家庭的房子。朱色的柱已经为久远的日光晒的变黑。陶慕侃给他们坐在一间书房内。房内的橱、桌、椅子、大化板,耀着灯光,全交映出淡红的颜色。这个感觉使萧涧秋觉得有些陌生的样子,似发现他渺茫的少年底心底阅历。他们都是静静地没有多讲话,好像有一种严肃的力笼罩全屋内,各人都不敢高声似的。坐了一息,就听见窗外有女子底声音,在萧涧秋底耳里还似曾经听过一回的。这时陶慕侃走进房内说:

"萧呀,我底妹妹要见你一见呢!"

同着这句话底末音时,就出现一位二十三四岁模样的女子在门口,而且嬉笑的活泼的说:

"哥哥,你不要说,我可以猜得着哪位是萧先生。"

于是陶慕侃说:

"那末让你自己介绍你自己罢。"

可是她又痴痴地,两眼凝视着萧涧秋底脸上,慢慢地说:

"要我自己来介绍什么呢?还不是已经知道了?往后我们认识就是了。"

陶慕侃笑向他底新朋友道:

"萧,你走遍中国底南北,怕不会见过有像我妹妹底脾气的。"

她却似厌倦了,倚在房门的旁边。低下头将她自然的快乐换成一种凝思的愁态。一忽,又转呈微笑的脸问:

"我好似曾经见过萧先生的?"

萧涧秋答:

"我记不得了。"

她又依样淡淡地问:"三年前你有没有一个暑假住过杭州底葛岭呢?"

萧涧秋想了一想答:

"曾经住过一月的。"

"是了,那时我和姊姊们就住在葛岭的旁边。我们一到傍晚,就看见你在里湖岸上徘徊,徘徊了一点钟,才不见你,天天如是。那时你还蓄着长发拖到颈后的,是么?"

萧涧秋微笑了一笑,"大概是我了。八月以后我就到北京。"

她接着叹息的向她哥哥说:

"哥哥,可惜我那时不知道就是萧先生,假如知道,我一定冒昧地叫起他来。"又转脸向萧涧秋说:"萧先生,我是很冒昧的,简直粗糙和野蛮。往后你要原谅我。我们以前失了一个聚集的机会,以后我们可以尽量谈天了。你学问是渊博的,哥哥常是谈起你,我以后,什么都要请教你,你能毫不客气地教我么?我是一个无学识的女子——本来,'女子'这个可怜的名词,和'学识'二字是连接不拢来的。你查,学识底人名表册上,能有几个女子底名字么?可是我,硬想要有学识。我说过我是野蛮的,别人以为女子做不好的事,我却偏要去做。结果,我被别人笑一趟,自己底研究还是得不到。像我这样的女子是可怜的,萧先生,哥哥常说我古怪倒不如说我可怜切贴些,因为我没有学问而任意胡闹,我现在只有一位老母——她此刻在灶间里——和这位哥哥,他们非常爱我,所以由我任意胡闹。我在高中毕业了,我是学理科的;我又到大学读二年,又转学法科了。现在母亲和哥哥说我有病,叫我在家里。但我又不想学法科转想学文学了。我本来喜欢艺术的,因为人家说女子不能做数学家,我偏要去学理科。可是实在感不到兴味。以后想,穷人打官司总是输,我还是将来做一个律师,代穷人做状纸,辩诉。可是现在又知道不可能了。萧先生,哥哥说你于音乐有研究的人,我此后还是跟你学音乐罢。不过你还要教我一点做人的知识,我知道你同时又是一位哲学家呢!你或者以为我是太会讲话了,如此,我可详细地将自己介绍给你,你以后可以尽力来教导我,纠正我。萧先生,你能立刻答应我这个请求么?"

她这样滔滔地婉转地说下去,简直房内是她一人占领着一样。她一时眼看着地,一时又瞧一瞧萧,一时似悲哀的,一时又快乐起来,她底态度非常自然而柔媚,同时又施展几分娇养的女孩的习气,简直使房内的几个人看呆了。萧涧秋是微笑地听着她底话,同时极注意地瞧着她的。她真是一个非常美貌的人——脸色柔嫩,肥满,洁白;两眼大,有光彩,眉黑,鼻方正,唇红,口子小,黑发长到耳根,一见就可知道她是有勇气而又非常美丽的。这时,他向慕侃说道:

"陶,我从来没有这样被窘迫过像你妹妹今夜的愚弄我。"又为难地低头向她说:"我简直倒霉极了。我不知道向你怎样回答呢?"

她随即笑一笑说:

"就这样回答罢。我还要你怎样回答呢?萧先生,你可带你底乐谱来么?"

"带了几本来。"

"可以借我看一看么?"

"可以的。"

"我家里也有一架旧的钢琴呢,我是弹它不成调的,而给悲多汶还是一样地能够弹出《月光曲》来。萧先生,请明天来弹一曲罢?"

"我底手指生疏了,我好久没有习练。"

"何必客气呢?"

她低声说了一句。这时方谋才惘惘然说:

"萧先生会弹很好的曲么?"

"他会的,"陶慕佩说:"他在校时就好,何况以后又努力。"

"那我也要跟萧先生学习学习呢!"

"你们何必这样窘我!"他有些惭愧的说:"事实不能掩饰

的，以后我弹，你们评定就是了。"

"好的。"

这样，大家静寂了一息。倚在门边的陶岚——慕侃底妹妹，却似一时不快乐起来，她没有向任何人看，只是低头深思的，微皱一皱她底两眉。钱正兴一声也不响，抖着腿，抬着头向天花板望，似思索文章似的。当每次陶岚开口的时候，他立刻向她注意看着，等她说完，他又去望着天花板底花纹了。一时，陶岚又冷淡地说：

"哥哥，听说文嫂回来了，可怜的很呢！"

"她回来了？李……"

她没有等她哥哥说完，又转脸向萧问：

"萧先生，你在船内有没有看见一位廿六七岁的妇人，领着一个少女和孩子的？"萧涧秋立刻垂下头，非常不愿提起似的答：

"有的，我知道她们底底细了。"

女的接着说，伤心地：

"是呀，哥哥，李先生真的打死了。"

校长皱一皱眉，好像表示一下悲哀以后说：

"死总死一个真的，死不会死一个假呢！虽则假死的也有，在他可是有谁说过？萧，你也记得我们在师范学校的第一年，有一个时常和我一块的姓李的同学么？打死的就是此人。"

萧想了一想，说：

"是，他读了一年就停学了，人是很慷慨激昂的。"

"现在，"校长说："你船上所见的，就是他底寡妻和孤儿啊!"

　　各人底心一时似乎都被这事牵引去,而且寒风隐约的在他们底心底四周吹动。可是一忽,校长却首先谈起别的来,谈起时局的混沌,不知怎样开展;青年死了之多,都是些爱国有志之士,而且家境贫寒的一批,家境稍富裕,就不愿做冒险的事业,虽则有志,也从别的方面去发展了。因此,他创办这所中学是有理由的,所谓培植人才。他愿此后忠心于教育事业,对未来的青年谋一种切实的福利。同时,陶慕侃更提高声音,似要将他对于这座学校的计划,方针,都宣布出来,并议论些此后的改善,扩充等事。可是佣人传话,晚餐已经在桌上布置好了。他们就不得不停止说话,向厅堂走去。方谋喃喃地说:

　　"我们正谈的有趣,可是要吃饭了!有时候,在我是常常,谈话比吃饭更有兴趣的。"

　　陶慕侃说:"吃了饭尽兴地谈罢,现在的夜是长长的。"

　　陶岚没有同在这席上吃。可是当他们吃了一半以后,她又站出来,倚在壁旁,笑嘻嘻地说:

　　"我是痴的,不知礼的,我喜欢看别人吃饭。也要听听你们高谈些什么,见识见识。"

　　他们正在谈论着"主义",好似这时的青年没有主义,就根本失掉青年底意义了。方谋底话最多,他喜欢每一个人都有一种主义,他说,"主义是确定他个人底生命的;和指示着社会底前途的机运的",于是他说他自己是信仰三民主义,因为三民主义就是救国主义。"想救国的青年,当然信仰救国主义,那当然信仰三民主义了。"一边又转问:

"可不知道你们信仰什么?"

于是钱正兴兴致勃勃,同时做着一种姿势,好叫旁人听得满意一般,开口说道:

"我却赞成资本主义,因为非商战,不能打倒外国。中国已经是欧美日本的商场了,中国人底财源的血,已经要被他们一口一口地吸干了。别的任意什么主义,还是不能救国的。空口喊主义,和穷人空口喊吃素会成佛一样的!所以我不信仰三民主义,我只信仰资本主义。惟有资本主义可以压倒军阀;国内的交通,实业,教育,都可以发达起来。所以我以为要救国,还是首先要提倡资本主义,提倡商战!"

他起劲地说到这里,眼不瞬的看着坐在他对面的这位新客,似要引他底赞同或驳论。

可是萧涧秋低着头不做声响,陶慕侃也没有说,于是方谋义说,提倡资本主义是三民主义里底一部分,民生主义上是说借外债来兴本国底实业的。陶岚在旁边几次向她哥哥和萧涧秋注目,而萧涧秋却向慕侃说,他要吃饭了,有话吃了饭再谈。方谋带着酒兴,几乎手足乱舞地阻止着,一边强迫地问他:

"萧先生,你呢?你是什么主义者?我想,你一定有一个主义的。主义是意志力的外现,像你这样意志强固的人,一定有高妙的主义的。"

萧涧秋微笑地答:

"我没有。——主义到了高妙,又有什么用处呢?所以我没有。"

"你会没有?"方谋起劲地,"你没有看过一本主义的书么?"

"看是看过一点。"

"那么你在那书里找不出一点信仰么?"

"信仰是有的,可是不能说出来,所以我还是个没有主义的人。"

在方谋底酒意的心里一时疑惑起来,心想他一定是个共产主义者。但转想,——共产主义有什么要紧呢?在党的政策之下,岂不是联共联俄的么?虽则共产主义就是……于是他没有推究了,转过头来向壁边呆站着的陶岚问:

"Miss 陶,你呢?请你告诉我们,你是什么主义者呀?我们统统说过了:你底哥哥是人才教育主义,钱先生是资本主义,……你呢?"

陶岚却冷冷地严峻地几乎含泪的答:

"我么?你问我么?我是自私自利的个人主义者!社会以我为中心,于我有利的拿了来,于我无利的推了去!"

萧涧秋随即向她奇异地望了一眼。方谋底已红的脸,似更羞涩似的。于是各人没有话。陶慕侃就叫佣人端出饭来。

吃了饭以后,他们就从校长底家里走出来。风一阵一阵地刮大了。天气骤然很寒冷,还飘着细细的雨花在空中。

三

萧涧秋次日一早就醒来。他望见窗外有白光,他就坐起。可是窗外的白光是有些闪动的。他奇怪,随即将向小花园一边的窗的布幕打开，只见窗外飞着极大的雪。地上已一片白色；草，花，树枝上，都积着约有小半寸厚。正是一天的大雪，在空中密集的飞舞。

他穿好衣服，开出门。阿荣给他来倒脸水，他们迎面说了几句关于天气奇变的话，阿荣结尾说：

"昨天有许多穷人以为天气从此会和暖了，将棉衣都送到当铺里去。谁知今天又突然冷起来，恐怕有的要冻死了。"

他无心地洗好脸，在沿廊下走来走去的走了许多圈。他又想着昨天船中的所见。他想寡妇与少女三人，或者竟要冻死了，如阿荣所说。他心里非常地不安，仍在廊下走着。最后，他决计到她们那里去看一趟，且正趁今天是星期日。于是就走向阿荣底房里，阿荣立刻站起来问：

"萧先生，你要什么？"

"我不要什么，"他答："我问你，你可知道一个她丈夫姓李的在广东打死的底妇人底家里在哪里么？"

阿荣凝想了一息，立刻答：

"就是昨天从上海回来的么？"

"是呀。"

"她和你同船到芙蓉镇的。"

"是呀。你知道她底家么？"

"我知道。她底家是在西村，离此地只有三里。"

"怎么走呢？"

"萧先生要到她家里去么？"

"是，我想去，因为她丈夫是我同学。"

"呵，便当的，"阿荣一边做起手势来。"从校门出去向西转，一直去，过了桥，就沿河滨走，走去，望见几株大柏树的，就是西村。你再进去一问，便知道了，她底家在西村门口，便当的，离此地只有三里。"

于是他又回到房。轻轻的愁一愁眉，便站在窗前，对小花园呆看着下雪的景象。

九点钟，雪还一样大。他按着阿荣所告诉他的路径，一直望西村走去。他外表还是和昨天一样，不过加上一件米色的旧的大衣在身外，一双黑皮鞋，头上一顶学生帽，在大雪之下，一片白色的河边，一片白光的野中，走的非常快。他有时低着头，有时向前面望一望，他全身似乎有一种热力，有一种勇气，似一只有大翼的猛禽。他想着，她们会不会认得他就是昨天船上的客人。但认得又有什么呢？他自己解释了。他只愿一切都随着自然做去，他对她们也没有预定的计划，一任时光老人来指挥他，摸摸他底头，微笑的叫他一声小娃娃，而且说，"你这样玩罢，很好的呢！"但无可讳免，他已爱着那位少女，同情于那位妇人底不幸的运命了。因此，他非努力向前走不可。雪上的脚印，一步一步的留在他的身后，整齐的，蜿蜒的，又有力的，绳索一般地穿在他底足跟上，从校门起，现在是一脚一脚地踏近她们门前了。

他一时直立在她底门外，约五分钟，他听不出里面有什么声音。他就用手轻轻的敲了几下门，一息，门就开了。出现那位妇人，她两眼红肿的，泪珠还在眼檐上，满脸愁容，又蓬乱着头发。她以为敲门的是昨天的老妇人，可是一见是一位陌生的青年，她随想将门关上，萧涧秋却随手将门推住，愁着眉，温和地说：

"请原谅我，这里是不是李先生底家呢？"

妇人一时气咽的答不出话。许久，才问道：

"你是谁？"

萧涧秋随手将帽脱下来，抖了一抖雪慢慢地凄凉地说道：

"我姓萧，我是李先生的朋友。我本不知道李先生死了，我只记念着他已有多年没有寄信给我。现在我是芙蓉镇中学里的教师，我也还是昨天到的。我一到就向陶慕侃先生问起李先生底情形，谁知李先生不幸过去了！我又知道关于你们家中底状况。我因为切念故友，所以不辞冒昧地，特地来访一访。李先生还有子女，可否使我认识他们？我一见他们，或者和见李先生一样，你能允许吗？"

年青的寡妇，她一时觉得手足无措。她含泪的两眼，仔细地向他看了一看；到此，她已不能拒绝这一位非亲非戚的男子的访谒了，随说：

"请进来罢，可是我底家是不像一个家的。"

她衣单，全身为寒冷而战抖，她底语气是非常辛酸的，每个声音都从震颤的身心中发出来。他低着头跟她进去，又为她掩好门。屋内是灰暗的，四壁满是尘灰。于是又向一门弯进，就是她底内室。在地窖似的房内，两个孩子在一张半新半旧的大床上坐着，拥着七穿八洞的棉被，似乎冷的不能起来。女孩子这时手里捻着一块饼干，在喂着她底弟弟，小孩正带着哭地嚼着。这时妇人就向女孩说：

"采莲，有一位伯伯来看你！"

女孩扬着眉向来客望，她底小眼是睁得大大的。萧涧秋走到她底床前，一时，她微笑着。萧涧秋随即坐下床边，凑近头向女孩问：

"小娃娃，你认得我吗？"

女孩拿着饼干，摇了两摇头。他又说：

"小妹妹，我却早已认识你了。"

"哪里呀？"

女孩奇怪地问了一句。他说：

"你是喜欢橘子的，是不是？"

女孩笑了，他继续说：

"可惜我今天忘记带来了。明天我当给你两只很大的橘子。"

一边就将女孩底红肿的小手握住，小手是冰冷的，放在他自己底唇上吻了一吻，就回到窗边一把椅上坐着。纸窗的外边，雪正下的起劲。于是他又看一遍房内，房内是破旧的，各种零星的器物上，都反映着一种说不出的凄惨的黝色。妇人这时候取着床边的位子，给女孩穿着衣服，她一句也没有说，好像心已被凉的结成一块冰。小孩子呆呆地向来客看看。又咬了一口饼干，——这当然是新从上海带来的。又向他底母亲哭着叫冷。女孩也奇怪地向萧涧秋底脸上看，深思的女孩子，她也同演着这一幕的悲哀，叫不出话似地，全身发抖着，时时将手放在口边呵气。这样，房内沉寂片时，只听窗外嘶嘶的下雪声。有时一两片大雪也飞来敲她底破纸窗。以后，萧涧秋说了：

"你们以后怎样的过去呢？"

妇人奇怪地看他一眼，慢慢地答：

"先生，我们还有怎样的过去呀？我们想不到怎样的过去啊！"

"产业？"

"这已经不能说起。有一点儿，都给死者卖光了！"

她底眼圈里又涌起泪。他随问：

"亲戚呢？"

"穷人会有亲戚么？"

她又假做的笑了一笑。他一时默着，实在选择不出相当的话来说。于是妇人接着问道：

"先生，人总能活过去的罢？"

"自然，"他答，"否则，天真是没有眼睛。"

"你还相信天的么？"妇人稍稍起劲的，"我是早已不相信天了！先生，天底眼睛在哪里呢？"

"不是，不过我相信好人终究不会受委屈的。"

"先生，你是照戏台上的看法。戏台上一定是好人团圆的。现在我底丈夫却是被枪炮打死了！先生，叫我怎样养大我底孩子呢？"

妇人竟如疯一般说出来，泪从她底眼中飞涌出来。他一时呆着。女孩子又在她旁边叫冷，她又向壁旁取出一件破旧而大的棉衣给她穿上。穿得女孩只有一双眼是伶俐的，全身竟像一只桶子。妇人一息又说：

"先生，我本不愿将穷酸的情形诉说给人家听，可是为了这两个造孽的孩子，我不能不说出这句话来了！"一边她气咽的几乎说不成声，"在我底家里，只有一升米了。"

萧涧秋到此，就立刻站起来，强装着温和，好像不使人受惊一般，说：

"我到这里来为什么呢？我告诉你罢，——我此后愿意负起你底两个孩子的责任。采莲，你能舍得她离开么？我当带她到校里去读书。我每月有三十圆的收入，我没有用处，我可以用一半供给你们。你觉得怎样呢？我到这里来，我是计算好来的。"

妇人却伸直两手，简直呆了似地睁眼视他，说道：

"先生，你是……？"

"我是青年，我是一个无家无室的青年。这里，——"他语声颤抖地同时向袋内取出一张五圆的钞票，"你……"一边更苦笑起来，手微颤地将钱放在桌子上，"现在你可以买米。"

妇人身向床倾，几乎昏去似地说：

"先生，你究竟是……！你是菩萨么？……"

"不要说了，也无用介意的，"一边转向采莲，"采莲，你以后有一位伯伯了，你愿意叫我伯伯么？"

女孩子也在旁边听呆着，这时却点了两点头。萧涧秋走到她底身边，轻轻地将她抱起来。在她左右两颊上吻了两吻，又放在地上，一边说：

"现在我要回校去了。明天我再来带你去读书。你愿意读书么？"

"愿意的。"

女孩终于娇憨地说出话来。他随即又握了她底冰冷的手吻了一吻，又放在他自己底头边，回头向妇人说："我要回校去了。望你以后勿为过去的事情悲伤。"一边就向门外走出，他底心非常愉快。女孩却在后面跟出来，她似乎不愿意这位多情的来客急速回去，眼睛不移地看着他底后影。萧涧秋又回转头，用手向她挥了两挥，没有说话，竟一径踏雪走远了。妇人非常痴呆地想着，眼看着桌上的钱。竟想得又流出眼泪。她对于这件突然地天降的福利，不知如何处置好。但她能拒绝一位陌生的青年的所赐么？天知道，为了孩子的缘故，她诚心诚意地接受了。

四

萧涧秋在雪上走，有如一只鹤在云中飞一样。他贪恋这时田野中的雪景，白色的花，装点了世界如带的美女，他顾盼着，他跳跃着，他底内心竟有一种说不出的微妙的愉悦。这时他想到了宋人黄庭坚有一首咏雪的词。他轻轻念，后四句是这样的：

贫巷有人衣不犷，北窗惊我眼飞花。高楼处处催
沽酒，谁念寒生泣《白华》。

一边，他很快的一息，就回到校内。

他向他自己底房门一手推进去，他满望在他自己底房内自

由舒展一下,他似乎这两点钟为冰冷的空气所凝结了。不料陶岚却站在他底书架的面前,好像检查员一样的在翻阅他底书。她听到声音立刻将书盖拢,微笑的迎着。萧涧秋一时似乎不敢走进去。陶岚说:

"萧先生,恕我冒昧。我在你底房内,已经翻了一点多钟的书了。几乎你所有的书,都给我翻全了。"

他一边坐下床上,一边回答:

"好的,可惜我没有法律的书。你或者都不喜欢它们的呢?"

她怔了一怔,似乎听得不愿意,慢慢的答道:

"喜欢的,我以后还想读它几本。虽则,我恐怕不会懂它。"

这时萧涧秋却自供一般地说:

"我此刻到过姓李的妇人底家里了。"

"我已经知道。"

陶岚回答的非常奇怪;一息,补说:

"阿荣告诉我的。她们现在怎样呢?"

萧涧秋也慢慢地答,同时磨擦他底两手,低着头:

"可怜的很,孩子叫冷,米也没有。"

陶岚一时静默着,她似乎说不出话。于是萧又说道:

"我看她们底孩子是可爱的,所以我允许救济她们。"

她却没有等他说完,又说,简慢地:

"我已经知道。"

萧涧秋却稍稍奇怪地笑着问她:

"事情我还没有做,你怎样就知道呢?"

她也强笑地好像小孩一般地,说:

"我知道的。否则你为什么到她们那里去?我们又为什么不去呢?天岂不是下大雪?哥哥他们都围在火炉的旁边喝酒,你为什么独自冒雪出去呢?"

这时他却睁大两眼,一瞬不瞬地看住她。可是他却看不出她底别的,只从她底脸上看出更美来了:柔白的脸孔,这时两颊起了红色,润腻的,光洁的。她低头,只动着两眼,她底睫毛很长,同时在她深黑的眼珠底四周衬的非常之美。萧仔细地觉察出——他底心胸也起伏起来。于是他站起,在房内走了一圈。陶岚说:

"我不知自己怎样,总将自己关在狭小的笼里。我不知道笼外还有怎样的世界,我恐怕这一世是飞不出去的了。"

"你为什么说这话呢?"

"是呀,我不必说。又为什么要说呢?"

"你不坐么?"

"好的,"她笑了一笑,"我还没有将为什么到你这里来的原意告诉你。我是来请你弹琴的。我今天一早就将琴底位置搬移好,叫两个佣人收拾。又在琴底旁边安置好火炉。我是完全想到自己的。于是我来叫你,我和跑一样快的走来。可是你不在,阿荣说,你到西村去,我就知道你底意思了。现在,已经没有上半天了,你也愿意吃好中饭就到我家里来么?"

"愿意的,我一定来。"

"呵!"她简直叫起来,"我真快乐,我是什么要求都得到满足的。"

她又仔细地向萧涧秋看了一眼,于是说,她要去了。可是一边她还在房内站着不动,又似不愿去的样子。

白光晃耀的下午,云已齐了!地上满是极大的绣球花。

萧涧秋腋下挟着几本泰西名家的歌曲集,走到陶岚底家里。陶岚早已在门口迎着他。他们走进了一间厢房,果然整洁,幽雅,所谓明窗净几。壁上挂着几幅半新旧的书画,桌上放着两三样古董。萧涧秋对于这些,是从来不留意的,于是一径坐在琴边。他谦逊了几句,一边又将两手放在火炉上温暖了一下。他就翻开一阕进行曲,弹了起来,他弹的是平常的,虽则陶岚说了一句"很好",他也能听得出这是普通照例的称赞。于是他又弹了一首跳舞曲,这比较是艰难一些,可是他底手指并不怎样流畅。他弹到中段,戛然停止下来,向她笑了一笑。这样,他弹起歌来。他弹了数首浪漫主义的作家底歌,竟使陶岚听得沉醉了。她靠在钢琴边,用她全部的注意力放在音键底每个发音上,她听出婴记号与变记号的半音来。她两眼沉沉地视着壁上的一点,似乎不肯将半丝的音波忽略过去。这时,萧涧秋说:

"就是这样了。音乐对于我已经似久放出笼的小鸟对于旧主人一样,不再认得了。"

"请再弹一曲,"她追求的。

"我是不会作曲的,可是我曾谱过一首歌。现在奏一奏我自己的。你不能笑我,你必得首先允许。"

"好,"陶岚叫起来。

同时他向一本旧的每页脱开的音乐书上,拿出了两张图画纸。在这个上面,抄着萧涧秋自填的一首诗歌,题着"青春不再来"五字。他展开在琴面上,向陶岚看了一看,似乎先要了解她底感情底同感程度的深浅如何。而她这时是愁着两眉向他微笑着。他于是坐正身子,做出一种姿势,默默地想了一息,就用十指放在键上,弹着。一边轻轻地这样唱下去:

　　荒烟,白雾,
　　迷漫的早晨。
　　你投向何处去?
　　无路中的人呀!

　　洪濛转在你底脚底,
　　无边引在你底前身,
　　但你终年只伴着一个孤影,
　　你应慢慢行呀慢慢行。

　　记得明媚灿烂的秋与春,
　　月色长绕着海浪在前行。
　　但白发却丛生到你底头顶,
　　落霞要映入你心坎之沁深。

　　只留古墓边的暮景,
　　只留白衣上底泪痕,
　　永边剪不断的愁闷,

一去不回来的青春。

青春呀青春,
你是过头云;
你是离枝花,
任风埋泥尘。

琴声是舒卷的一丝丝在室内飞舞,又冲荡而漏出到窗外,蜷伏在雪底凛冽的怀抱里;一时又回到陶岚底心坎内,于是她底心颤动了,这是冷酷的颤动,又是悲哀的颤动,她也愁闷了。她耳听出一个个字底美的妙音,又想尽了一个个字所含有的真的意义。她想不到萧涧秋是这样一个人,她要在他底心之深处感到惆怅而渺茫。当他底琴声悠长地停止以后,她没精打采地问他:

"什么时候做成这首歌的呢?"

"三年了,"他答。

"你为什么作这首歌的呢?"

"为了我在一个秋天的时分。"

她一看不看地继续说:

"不,春天还未到,现在还是二月呀!"

他将两手按在键盘上,呆呆地答:

"我自己是始终了解的:我是喜欢长阴的秋云里底飘落的黄叶的一个人。"

"你不要弹这种歌曲罢!"

她还是毫无心思地说出。萧涧秋却振一振精神,说:

"哈，我却无意地在你面前暴露我底弱点了。不过这个弱点，我已经用我意志之力克服了，所以我近来没有一点诗歌里的思想与成分。感动了你么？这是我底错误，假如我在路里预想一想我对你应该弹些什么曲，适宜于你底快乐的，那我断不会拣选这一个。现在……"

他看陶岚还是没有心思听他底话，于是他将话收止住。一边，他底心也飘浮起来，似乎为她底情意所迷醉。一边，他翻起一首极艰深的歌曲，他两眼专注地看在乐谱上。

陶岚却想到极荒渺的人生底边际上去。她估量她自己所有的青春，这青春又不知是怎样的一种面具。一边，她又极力追求萧涧秋的过去到底是如何的创伤，对于她，又是怎样的配置。但这不是冥想所能构成的——眼前的事实，她可以触一触他底手，她可以按一按他底心罢？她不能沉她自身到一层极深的渊底里去观测她底自身，于是她只有将她自己看作极飘渺的空幻化——她有如一只蜉蝣，在大海上行走。

许久，他们没有交谈一句话。窗外也寂静如冰冻的，只有雪水一滴滴的从檐上落到地面，似和尚在夜半敲磬一般。

萧涧秋一边站起，恍恍忽忽地让琴给她：

"请你弹一曲罢。"

她睁大眼痴痴地：

"我？我？……唉！"

十分羞怯地推辞着。

萧涧秋重又坐在琴凳上，十分无聊赖似的，擦擦两手，似怕冷一样。

五

当晚七点钟,萧涧秋坐在他自己房内的灯下,这样地想:

——我已经完全为环境所支配!一个上午,一个下午,我接触了两种模型不同的女性底感情的飞沫,我几乎将自己拿来麻痹了!幸福么?苦痛呢?这还是一个开始。不过我应该当心,应该避开女子没有理智的目光的辉照。

他想到最后的一字的时候,有人敲门。他就开他进来,是陶慕侃。这位中庸的校长先生,笑迷迷地从衣袋内取出一封信,递给他。一边说:

"这是我底妹妹写给你的,她说要向你借什么书。她晚上发了一晚上的呆,也没有吃夜饭,此刻已经睡了。我底妹妹是有些古怪的,实在因她太聪明了。她不当我阿哥是什么一回事,她可以指挥我,利用我。她也不信任母亲,有意见就独断独行。我和母亲都叫她王后,别人们也都叫她'Queen'。我有这样的一位妹妹,真使我觉得无可如何。你未来以前,她又说要学音乐。现在你来,当然可以说配合她底胃口。她可以说是'一学便会'的人,现在或者要向你借音乐书了。"陶慕侃说到这里为止,没有等萧说:

"你哪里能猜得到,音乐书我已经借给她了。"就笑着走出去了。

萧涧秋不拆信,他还似永远不愿去拆它的样子,将这个蓝信封的爱神的翅膀一般的信放在抽屉内。他在房内走了几圈。

他本来想要预备一下明天的教课,可是这时他不知怎样,将教学法翻在案前,他总看不进去。他似觉得倦怠,他无心预备了。他想起了陶岚,实在是一位稀有的可爱的人。于是不由他不又将抽屉开出来,仍将这封信捧在手内。一时他想:

"我应该看看她到底说些什么话。"一边就拆了,抽出二张蓝色的信纸来。他粗粗的读下:

萧先生:这是我给你的第一封信,你可在你底日记上记下的。

我和你认识不到二十四小时,谈话不上四点钟。而你底人格,态度,动作,思想,却使我一世也不能忘记了。我底生命的心碑上,已经深深地刻上你底名字和影子,终我一生,恐怕不能泯灭了。唉,你底五色的光辉,天使送你到我这里来的么?

我从来没有像今天下午这样苦痛过,从来没有!虽则吐血,要死,我也不曾感觉得像今天下午这样使我难受。萧先生,那时我没有哭么?我为什么没有哭的声音呢?萧先生,你也知道我那时的眼泪,向心之深处流罢?唉,我为什么如此苦痛呢?因为你提醒我真的人生来了。你伤悼你底青春,可知你始终还有青春。我想,我呢?我却简直没有青春,简直没有青春!这是怎么说法的?萧先生!

我自从知道人间有丑恶和痛苦之后——总是七八年以前了,我底知识是开窍的很早的——我就将我自己所有的快乐,放在人生底假的一面去吸收。我简直好像玩弄猫儿一样的玩弄起社会和人类来,我什么都看得不真实,我只用许许多多的各种不同的颜色,涂上我自己底幸福之口边去。我竟似在雾中一样地舞起我自己底身体来。唉,我只有在雾中,我哪里有青春!我只有晨曦以前的妖现,我只有红日正中的怪热,我是没有青春的。我一觉到人性似魔鬼,便很快的将我底青春放走了,自杀一样地放走了!几年来,我全是在雾中的过去——我还以为我自己是幸福的。我真可怜,到今天下午才觉得,是你提醒我,用你真实的生命底哀音唤醒我!

萧先生,你或者以为我是一个发疯的女子——放浪,无礼,骄傲,痴心,你或者以为我是这一类的人么?萧先生,假如你来对我说一声轻轻的"是",我简直就要自杀……但试问我以前是不是如此?是不是放浪,无礼,骄傲,痴心等等呢?我可以重重地自己回答一句:"我是的!"萧先生,你也想得到我现在是怎样的苦痛?你用神圣的钥匙,将我从假的门里开出放进真的门内去,我有如一个久埋地下的死人活转来,我是如何的委屈,悲伤!

我为什么到了如此?我如一只冰岛上的白熊似的,我在寒威的白色的光芒里喘息我自己底生命。母亲,哥哥,唉,我亦不愿责备世人了!萧先生,你以为人底本性都是善的么?在你慈悲的眼球内或者都是些良好的活动影子,而我却都视它们是丑恶的一团呢！现在，我亦不要说这许多空泛话，你或许要怪我浪费你有用的光阴。可是无论怎样，我想此后找住我底青春，追回我底青春，尽力地享受一下我底残馀的青春！萧先生，希望你给我一封回信，希望你以对待那位青年寡妇的心来对待我，我是受着精神的磨折和伤害的！

祝你在我们这块小园地内得到快乐！

陶岚敬上

他读完这封信，一时心里非常地踌躇起来。叫他怎样回答呢？假如这时陶岚在他的身边，他除出睁着眼，紧紧地用手握住她底手以外，他会说不出一句话来，半天，他会说不出一句话来的，可是这时，房内只有他独自。校内的空气也全是冷寂的，窗外的微风，吹动着树枝，他也可以听得出树枝上的积雪就此簌簌的落下来，好像小鸟在绿叶里跳动一样。他微笑了一笑，又冥想了一冥想。抽出一张纸，他自己愿意的预备写几句回信了，一边也就磨起墨。可是又有人推进门来，这却是同事方谋。他来并没有目的的，似乎专为慨叹这天气之冷，以及夜长，早睡睡不着，要和这位有经历的青年人谈谈而已。方谋底脸孔是有些方的，谈起话来好像特别诚恳的样子。他开始问北京的情形和时局，无非是些外交怎么样，这次的内阁总理究竟是怎么样的人，以及教育部对于教育经费独立、小学教员加薪案到底如何了等。萧涧秋——据他所知回答他，也使他听得满意。他虽心里记着回信，可是他并没有要方谋出去的态度。两人谈的很久，话又转到中国未来的推测方面，就是革命的希望,革命成功的预料。萧涧秋谈到这里,就一句没有谈,几乎全让方谋一个人滔滔地说个不尽。方谋说,革命军不久就可以打到江浙,国民党党员到处活动的很厉害,中国不久就可以强盛起来,似乎在三个月以后,一切不平等条约就可取消,领土就可收回,国民就可不做弱国的国民,一变而为世界的强国。他说:"萧先生,我国是四千年来的古国,开化最早,一切礼教文物,都超越乎泰西诸邦。而现在竟为外人所欺侮,尤为东邻弹丸小国所辱,岂非大耻?我希望革命早些成功,使中华二字一跃而惊人,为世界的泱泱乎大国!"萧涧秋只是微笑地点点头,并没有插进半句嘴。方谋也就停止他底宏论。房内一时又寂然。方谋坐着思索,忽然看见桌上的蓝信封——在信封上是写着陶岚二字——于是又鼓起兴致来,欣然地向萧涧秋问道:

"是密司陶岚写给你的么?"一边就伸出手取了信封看了一看。

"是的,"萧答。

方谋没有声音的读着信封上的"烦哥哥交——"等字样,他也就毫无疑异地接着说道,几乎一口气的:

"密司陶岚是一位奇怪的女子呢,人实在是美丽,怕像她这样美丽的人是不多有的。也异常的聪明:古文做的很好,中学毕业第一。可是有古怪的脾气,也骄傲的非常。她对人从没有好礼貌,你到她底家里去找她底哥哥,她一见就不理你地走进房,叫一个佣人来回覆你,她自己是从不肯对你说一句'哥哥不在家'的话的。听说她在外边读书,有许多青年竟被她弄的神魂颠倒，他们写信，送礼物，求见，很多很多，却都被她胡乱地玩弄一下，笑嘻嘻地走散。她批评男子的目光很锐利，无论你怎样，被她一眼，就全体看得透明了。所以她到现在——已经廿三四岁了罢？——婚姻还没有落定。听说她还没有一个意中人，虽则也有人毁谤她，攻击她，终究似乎还没有一个意中人。现在，你知道么？密司脱钱正积极地进行，媒人是隔一天一个地跑到慕侃底家里。慕侃底母亲，大有允许的样子，因为密司脱钱是我们芙蓉镇里最富有的人家，父亲做过大官，门第是阔的。他自己又是商科大学的毕业生，头戴着方帽子，家里也挂着一块'学士第'的直竖匾额在大门口的。虽则密司陶不爱钱，可是密司陶总爱钱的，况且母兄作主，她也没有什么办法。女子一过廿五岁，许配人就有些为难，况且密司脱钱，也还生的漂亮。她母亲又以为女儿嫁在同村，见面便当。所以这婚姻，恐怕不长久了，明年二月，我们大有吃喜酒的希望。"

方谋说完，又哈哈笑一声。萧涧秋也只是微笑的静默地听着。

钟已经敲十下。在乡间，十时已是个很迟的时候，况且又是寒天，雪夜，谁都应当睡了，于是方谋寒战的抖着站起身说：

"萧先生，旅路劳惫，天气又冷，早些睡罢。"

一边又说句"明天会"，走出门外。

萧涧秋在房内走了两圈，他不想写那封回信了，不知为什么，他总不想立刻就写了，并不是他怕冷，想睡，爱情本来是无日无夜，无冬无夏的，但萧涧秋好像没有爱情。最少，他不愿说这个就是爱情，况且正是别人良缘进行的时候。

于是他将那张预备好写回信的纸，放还原处。他拿出教科书，预备明天的功课。

第二天，天晴了，阳光出现。他教了几点钟的功课，学生们都听得他非常欢喜。

下午三点钟以后，他又跑到西村。青年寡妇开始一见他竟啜泣起来，以后她和采莲都对他非常快乐。她们泡很沸的茶，茶里放很多的茶叶，请他喝。这是她想的唯一的酬答。她问萧涧秋是什么地方人，并问何时与她底故夫是同学。而且问的非常低声，客气。萧涧秋一边抱着采莲，采莲也对他毫不陌生了，一边简短地回答她。可是当妇人听到他说他是无家无室的时候，不禁又含起泪来悲伤，惊骇，她温柔地问：

"像萧先生这样的人竟没有家么？"

萧涧秋答：

"有家倒不能自由，现在我是心想怎样，就可以怎样做去的。"

寡妇却说：

"总要有个家才好，像萧先生这样好的人，应该有一个好的家。"

她底这个"家"意思就是"妻子"。萧涧秋不愿与她多说，他以为女人只有感情，没有哲学的。就和她谈到采莲底读书的事。妇人底意思，似乎要想她读，又似乎不好牵累萧涧秋。并说，她底父亲在时，是想培植她的，因为女孩子非常聪明听话。于是萧说：

"跟我去就是了。钱所费是很少的。"

他们就议定，叫采莲每天早晨从西村到芙蓉镇校里，母亲送她过桥。下午从芙蓉镇回家，萧涧秋送她过桥，就从后天起。女孩子一听到读书，也快活的跳起来，因为西村也还有到芙蓉镇读书的儿童，他们背着书包走路的姿势，早已使她底小心羡慕的了。

六

当天晚上，萧涧秋坐在他自己底房内，心境好像一件悬案未曾解决一般地不安。并不全是为一天所见的钱正兴，使他反映地想起陶岚，其中就生一种恐惧和伤感；——钱正兴在他底眼中，不过是一个纨绔子弟，同世界上一切纨绔子弟一样的。用大块的美容霜擦白他底脸孔，整瓶的香发油倒在他已光滑如镜子的头发上。衣服香而鲜艳，四边总用和衣料颜色相对比的做镶边，彩蝶的翅膀一样。讲话时做腔作势，而又带着心不在焉的样子，这似乎都是纨绔子弟的特征，普遍而一律的。而他重读昨夜的那封信，对于一个相知未深的女子底感情底澎湃，实在不知如何处置好。不写回信呢，是可以伤破女子的神经质的脆弱之心的，写回信呢，她岂不是同事正在进行的妻么？他又找不出一句辩解，说这样的通信是交际社会的一切通常信札，并不是情书。他要在回信里写上些什么呢？他想了又想，选择了又选择，可是没有相当的简洁的而可以安慰她的字类，似乎全部字典，他这时要将它掷在废纸堆里了。他在房内徘徊，沉思，吟咏，陶岚的态度，不住地在他底冷静的心幕上演出，一微笑，一瞬眼，一点头，他都非常清楚地记得她。可是他却不知道怎样对付这个难题。他几乎这样空费了半点钟，竟连他自己对他自己痴笑起来，于是他结论自语道，轻轻地：

"说不出话，就不必说话罢。"

一边他就坐下椅子，翻开社会学的书来，他不写回信了。并用一种人工假造的理论来辩护他自己，以为这样做，正是他底理智的战胜。

第二天上午十时，萧涧秋刚退了课，他预备到花园去走一圈，借以晒一回阳光。可是当他回进房，而后面跟进一个人来，这正是陶岚。她只是对他微笑，一时气喘的，并没有说一句话。镇定了好久以后，才说：

"收到哥哥转交的信么？"

"收到的，"萧答。

"你不想给我一封回信么？"

"叫我从什么开端说起？"

她痴痴地一笑，好像笑他是一个傻子一样。同时她深深地将她胸中底郁积，向她鼻孔中无声地呼出来。呆了半晌，又说：

"现在我却又要向你说话了。"

一边就从她衣袋内取出一封信，仔细地交给他，像交给一件宝贝一样。萧涧秋微笑地受去，只略略地看一看封面，也就仔细地将它藏进抽屉内,这种藏法也似要传之久远一般。

陶岚将他底房内看一遍,就低下头问:

"你已叫采莲妹妹来这里读书么?"

"是的,明天开始来。"

"你要她做你底干女儿么?"

"谁说?"

萧涧秋奇怪地反问。她又笑一笑,不认真的。又说:

"不必问他了。"

萧涧秋也转叹息的口气说:

"女孩子是聪明可爱的。"

"是,"她无心的,"可是我还没有见过她。"

停一息,忽然又高兴地说:

"等她来时,我想送她一套衣服。"

又转了慢慢的冷淡的口气说:

"萧先生,我们是乡下,农村,村内底消息是传的非常快的。"

"什么呢?"萧涧秋全不懂得地问。

她却又苦笑了一笑,说:

"没有什么。"

萧涧秋转过他底头向窗外。她立刻接着说:

"我要回去了。以后我在校内有课,中一的英文,我已向哥哥嚷着要来了。每天上午十时至十一时一点钟。哥哥以前原要我担任一点教课,我却仰起头对他说:'我是在家养病的。'现在他不要我教,我却偏要教,哥哥没有办法。他没有对你说过么？哎，我自己是不知道什么缘故。"

一边，她就得胜似地走出门外，萧涧秋也向她点一点头。

他坐在床上，几乎发起愁来。可是一时又自觉好笑了。他很快地走到桌边，将那封信重新取出来，用剪刀裁了口，抽出一张信纸，他靠在桌边，几乎和看福音书一样，他看下去：

> 萧先生，我今天失望了你两次的回音：日中，傍晚，孩子放学回家的时候。此次已夜十时了，我决计明天亲身到你身边来索取！
>
> 我知道你一定不以我为一位发疯的女子？不会罢？那你应该给我一封回信。说什么呢？随你说去，正似随我说来一样——我是想到什么就说什么的。
>
> 你应告诉我你底思想，并不是宇宙人生的大道理，这是我所不懂得的，是对我要批评的地方。我知道我自己底缺点很多，所谓坏脾气。但母亲哥哥都不能指摘我，我是不听从他们底话的。现在，望你校正我罢！
>
> 你也应告诉我你底将来，你底家乡和家庭等。
>
> 因为对面倒反说不出话，还是以笔代便些，所以你必得写回信，虽则邮差就是我自己。
>
> 你在此地生活不舒服么？——这是哥哥告诉我的，他说你心里好似不快。还有别的原因么？
>
> 校内几个人的模型是不同的，你该原谅他们，他们中有的实在是可怜——无聊而又无聊的。
>
> 　　　　　　　　　　　　一个望你回音的人

他看完这封信，心头却剧烈地跳动起来，似乎幸福挤进他底心，他将要晕倒了！他在桌边一时痴呆地，他想，他在人间是孤零的，单独的，虽在中国的疆土上，跑了不少的地面，可是终究是孤独的。现在他不料来这小镇内，却被一位天真可爱而又极端美丽的姑娘，用爱丝来绕住他，几乎使他不得动弹。虽则他明了，她是一个感情奔放的人，或者她是用玩洋囡囡的态度来玩他，可是谁能否定这不是"爱"呢？爱，他对于这个字却仔细地解剖过的。但现在，他能说他不爱她么？这时，似乎他底秋天的思想，被夏天的浓云的动作来密布了。他还是用前夜未曾写过的那张信纸。他写下：

我先不知道对你称呼什么好些？一个青年可以在他敬爱的姑娘前面叫名字么？我想，你有少年人底理性和勇敢，你还是做我底弟弟罢。

我读你底信，我是苦痛的。你几乎将我底过去的寂寞的影子重重地翻起，给我清冷的前途，打的零星粉碎。弟弟，请你制止一下你底赤热的感情，热力是要传播的。

我底过去我只带着我自己底影子伴个到处。我有和野蛮人同样的思想，认影子就是灵魂，实在，我除了影子以外还有什么呢？我是一无所有的人，所以我还愿以出诸过去的，现诸未来。因为"自由"是我底真谛，家庭是自由的羁绊。

而且这样的社会，而且这样的国家，家庭的幸福，我是不希望得了。我只有淡漠一点看一切，真诚地爱我心内所要爱的人,一生的光阴是有限的,愿勇敢抛弃过去,等最后给我安息。不过弟弟底烂熳的野火般的感情我是非常敬爱的,火花是美丽的,热是生命的原动力。不过弟弟不必以智慧之尺来度量一切,结果苦恼自己。

说不出别的话,祝你快乐!

萧涧秋上

他一边写完这封信,随手站起,走到箱子旁。翻开那箱子。它里面乱放着旧书,衣服,用具等。他就从一本书内,取出二片很大的绛红色的非常可爱的枫叶来,这显然已是两三年前的东西了,因他保存得好,好像标本。这时他就将它夹在信纸内,一同放入信封中。

放书学的铃响了,他一同和小朋友们出去。几乎走了两个转角,他找住一个孩子——他是陶岚指定的,住在她的左邻。将信轻轻地交给他,嘱他带去。聪明的孩子,也笑着点头,轻跳了两步,跑去了。

仍在当天下午,陶慕侃从校外似乎不愉快地跑进来。萧涧秋迎着,向他谈了几句关于校务的话。慕侃接着,却请他到校园去,他要向他谈谈。二人一面散步,一面慕侃几乎和求他援助一般,向他说道:

"萧,你知道我底妹妹的事真不好办,我竟被她弄得处处为难了。你知道密司脱钱很想娶我底妹妹,当初母亲大有满意的样子。我因为妹妹终身的事情,任妹妹自己作主,我不加入意见。而妹妹却向母亲声明,只要有人愿意每年肯供给她三千圆钱,让她到外国去跑三年,她回来就可以同这人结婚,无论这人是怎么样,瞎眼,跛足,六十岁或十六岁都好。可是密司脱钱偏答应了,不过条件稍稍修改一些,是先结了婚;后同她到美国去,而我底母亲偏同意这修改的条件。虽则妹妹不肯答应,母亲却也不愿让一个女孩儿到各国去乱跑。萧,你想,天下也会有这样的呆子,放割断了线的金纸鸢么?所以母亲对于钱的求婚,竟是半允许了。所谓半允许,实际也就是允许的一面。不料今天吃午饭时,母亲又将上午钱家又差人来说的情形告诉妹妹,并拣日送过订婚礼来。妹妹一听,却立刻放下筷,跑到房内去哭了,母亲是非常爱妹妹的,她再三问妹妹,而妹妹对母亲却表示不满,要母亲立刻拒绝,在今天一天之内。"陶说到这里,向四周看一看,提防别人听去一样。接着又轻轻地说:"母亲见劝的无效,哪有不依她。于是来叫我去,难题目又落到我底身上了。妹妹并限我在半夜以前,要将一切回覆手续做完。萧,我底妹妹是 Queen,你想,叫我怎样办呢?密司脱钱是此地的同事,他一听消息,首当辞退教务。这还不要紧,而他家也是贵族。他父亲是做官的,曾经做过财政部次长。会由我们允就允,否就否,随随便便么?妹妹虽可对他执住当初的条件,可是母亲却暗下和他改议过了。现在却叫我去办,这虽不是一件离婚案,实际却比离婚案更难,离婚可提出理由,叫我现在提出什么理由呢?"

他说到这里,竟非常担忧地,搔搔他底头发。停一息,又叹了一口气,说:

"萧,你是一个精明的人,代我想想法子,叫我怎样办好?"

这时萧涧秋向他看了一看,几乎疑心这位诚实的朋友有意刺他。可是他还是镇静地真实地答道:

"延宕就是了。使对方慢慢地冷去,假如你妹妹真的不愿的话。"

"真的不愿,"慕侃勾一勾头,着重的。

萧又说:

"那只好延宕。"

慕侃还是愁眉地,为难地说:

"延宕,延宕,谁知道我妹妹真的又想怎样呢?我代她延宕,而妹妹却偏不延宕了,叫我怎样办呢?"

萧涧秋突然似乎红了脸,他转过头取笑说:

"这却只好难为了哥哥!"

二人又绕走了一圈路,于是回到各人底房内。

七

采莲——女孩子来校读书的早晨。

这天早晨,萧涧秋迎她到桥边,而青年寡妇也送她到桥边,于是大家遇着了。这是非常新鲜幽丽的早晨,阳光晒的大地镀上金色,空气是清冷而甜蜜的。田野中的青苗,好像顿然青长了几寸;桥下的河水,也悠悠地流着,流着;小鱼已经在清澈的水内活泼地争食了。萧涧秋将采莲轻轻抱起,放在唇边亲吻了几下，于是说：

"现在我们到校里去罢。"一边又对那妇人说。

"你回去好了，你站着，女孩子是不肯走的。"

女孩子依依地视了一回母亲，又转脸慢慢地看了一回萧涧秋——在她弱小的脑内，这时已经知道这位男子，是等于她爸爸一样的人了。她底喜悦的脸孔倒反变得惆怅起来，妇人轻轻地整一整她底衣，向她说：

"采莲，你以后要听萧伯伯底话的，也不要同别的人去闹，好好地玩，好好地读书，记得么？"

"记得的，"女孩子回答。

一时她又举头向青年说：

"萧伯伯，学校里有橘子树么，妈妈说学校里有橘子树呢。"

妇人笑起来，萧涧秋也明白这是引诱她的话，回答说：

"有的，我一定买给你。"

于是他牵着她底手，离开妇人，一步一步向往校这条路走。她几次回头看她的母亲，她母亲也几次回头来看她，并遥远向她挥手说：

"去，去，跟萧伯伯去，晚上妈妈就来接你。"

萧涧秋却牵她底袖子，要使她不回头去，对她说：

"采莲，校里是什么都有的，橘子树，苹果的花，你知道苹果么？哎，学校里还有大群的小朋友，他们会做老虎，做羊，做老鹰，做小鸡，一同玩着，我带你去看。"

采莲就和他谈起关于儿童的事情来。不久，她就变作很喜悦的样子。

到了学校底会客室,陶慕侃、方谋等几位教师也围拢来。他们称赞了一回女孩子底面貌,又惋惜了一回女孩子底运命,高声说,她底父亲是为国牺牲的。最后,陶慕侃还老老实实地拍拍萧涧秋底肩膀说:

"老弟,你真有救世的心肠,你将来会变成一尊菩萨呢!"

方谋又附和着嘲笑说:

"将来女孩子得到一个佳婿,萧先生还和老丈人一般地享福呵!"

萧涧秋摇摇头,觉得话是愈说愈讨厌。一边正经地向慕侃说:

"不要说笑话,我希望你免了她底学费。"

慕侃急忙答:

"当然,当然,书籍用具也由我出。"

一边就跑出做事去了。萧涧秋又叫了三数个中学部的学生,对他们说:

"领这位小妹妹到花园,标本室去玩一趟罢。"

小学生也一大群围拢她,拥她去,谁也忘记了她是个贫苦的孤女。萧涧秋在后面想:

"她倒真像一位 Queen 呢!"

十点钟,陶岚来教她英文的功课。她也首先看一看女孩子,也一见便疼爱她了。似乎采莲底黑小眼,比陶岚底还要引人注意。陶岚搂了她一回,问了她一些话。女孩子也毫不畏缩地答她，答的非常简单，清楚。她一回又展开了她底手，嫩白的小手，竟似荷花刚开放的瓣儿，她又在她手心上吻了几吻。萧涧秋走来，她却慢慢地离开了陶岚，走近到他底身边去，偎依着他。他就问她：

"你已记熟了字么？"

"记熟了。"采莲答。

"你背诵一遍看。"

她就缓缓地好像不得不依地背诵了一遍。

陶岚和萧涧秋同时相对笑了。萧在她底小手上拍拍，女孩接着问：

"萧伯伯，那边唱什么呢？"

"唱歌。"

"我将来也唱的么？"

"是呀，下半天就唱了。"

她就做出非常快乐而有希望的样子。萧涧秋向陶岚说：

"她和你底性情相同的，她也喜欢音乐呢。"

陶岚娇媚地一笑，轻说，"和你也相同的，你也喜欢音乐。"

萧向她看了一眼，又问女孩子，指着陶岚说：

"你叫这位先生是什么呢？"

女孩子一时呆呆的，摇摇头，不知所答。陶岚却接着说：

"采莲，你叫我姊姊罢，你叫我陶姊姊就是了。"

萧涧秋向陶岚又睁眼看了一看，微微愁他底眉，向女孩说：

"叫陶先生。"

采莲点头。陶岚继续说:

"我做不像先生,我做不像先生,我只配做她底姊姊,我也愿永远做她底姊姊。'陶先生'这个称呼,让我底哥哥领去罢。"

"好的,采莲,你就叫她陶姊姊罢。可是你以后叫我萧哥哥好了。"

"妈妈教我叫你萧伯伯的。"

女孩子好像不解地娇憨地辩驳。陶岚笑说:

"你失败了。"

同时萧涧秋摇摇头。

上课铃响了,于是他们三人分离的走向三个教室去,带着各人底美满的心。

萧涧秋几乎没有心吃这餐中饭。他关了门,在房内走来走去。桌上是赫赫然展着陶岚一时前临走时交给他的一封信,在信纸上面是这么清楚地写着:

  萧先生:你真能要我做你底弟弟么?你不以我为愚么?唉,我何等幸福,有像你这样的一个哥哥!我底亲哥哥是愚笨的——我说他愚笨——假如你是我底亲哥哥,我决计一世不嫁——一世不嫁——陪着你,伴着你,我服侍着你,以你献身给世的精神,我决愿做你一个助手。唉,你为什么不是我底一个亲哥哥?九泉之下的爸爸哟,你为什么不养一个这样的哥哥给我?我怎么这样不幸……但,但,不是一样么?你不好算我底亲哥哥么?我昏了,萧先生,你就是我惟一的亲爱的哥哥。

　　我底家庭底平和的空气,恐怕从此要破裂了。母亲以前是最爱我的,现在她也不爱我了,为的是我不肯听她底话。我以前一到极苦闷的时候,我就无端地跑到母亲底身前,伏在她底怀内哭起来,母亲问我什么缘故,我却愈被问愈大哭,及哭到我底泪似乎要完了为止。这时母亲还问我为什么缘故,我却气喘地向她说,"没有什么缘故,妈妈,我只觉得自己要哭呢!"母亲还问,"你想到什么啊?""我不想到什么,只觉得自己要哭!"我就偎着母亲底脸,母亲也拍拍我底背,叫我几声痴女儿。于是我就到床上去睡,或者从此睡了一日一夜。这样,我底苦闷也减少些。可是现在,萧哥哥,母亲底怀内还让我去哭么?母亲底怀内还让我去哭么?我也怕走近她,天呀,叫我向何处去哭呢?连眼泪都没处流的人,这是人间最苦痛的人罢?

　　哥哥,现在我要问你。人生究竟是无意义的么?就随着环境的支配,好像一朵花落在水上一样,随着水性的流去,到消灭了为止这么么?还是应该挣扎一下,反抗一下,依着自己底意志的力底方向奋斗去这么呢?萧先生,我一定听从你的话,请你指示我一条路罢!

　　说不尽别的话,嘱你康健!

你底永远的弟弟岚上

下面还附着几句：

红叶愿永远保藏，以为我俩见面的纪念。可是我送你什么呢？

萧涧秋不愿将这封信重读一遍，就仔细地将这封信拿起，藏在和往日一道的那只抽屉内。

一边，他又拿出了纸，在纸上写：

岚弟：关于你底事情，你底哥哥已详细地告诉过我了。我也了解了那人，但叫我怎样说呢？除出我劝你稍稍性子宽缓一点，以免损伤你自己底身体以外，我还有什么话呢？

我常常自己对自己这么大声叫：不要专计算你自己底幸福之量，因为现在不是一个自求幸福之量加增的时候。岚弟，你也以为我这话是对的么？

两条路，这却不要我答的，因为你自己早就实行一条去了。不是你已经走着一条去了吗？希望你切勿以任性来伤害你底身体，勿流过多的眼泪。我已数年没有流过一滴泪，不是没有泪，——我少小时也惯会哭的，连吃饭时的饭，热了要哭，冷了又要哭。——现在，是我不要它流！

末尾，他就草草地具他底名字，也并没有加上别的情书式的冠词。

这封信，他似乎等不住到明天陶岚亲自来索取，他要借着小天使底两翼，仍叫着那位小学生，嘱他小心地飞似的送去。

他走到会客室内，想宁静他一种说不出的惆怅的心。几位

教员正在饭后高谈着,却又谈的正是"主义"。方谋一见萧涧秋进去,就起劲地几乎手脚乱舞地说:

"喏,萧先生,我以前问他是什么主义,他总不肯说。现在,我看出他底主义来了。"萧同众人一时静着。"他是一个悲观主义者,他底思想非常悲观,他对于中国的政治,社会,一切论调都非常悲观。"

陶慕侃也站了起来,他似乎要为这位忠实的朋友卖一个忠实的力,急忙说:

"不是,不是。他底人生的精神是非常积极的。悲观岂不是要消极了吗?我底这位老友底态度却勇敢而积极。我想赐他一个名词,假如每人都要有一个主义的话,他就是一个牺牲主义者。"

大家一时点点头。萧涧秋缓步地在房内走,一边说:

"主义不是像皇帝赐姓一般随你们乱给的。随你们说我什么都好,可是我终究是我。假如要我自己注释起来,我就这么说,——我好似冬天寒夜里底炉火旁的一二星火花,倏忽便要消灭了。"

这样,各人一时默然。

八

第三天,采莲没有到校里来读书。萧涧秋心里觉得奇怪,陶慕侃就说:

"小孩子总不喜欢读书。无论家里怎么样,总喜欢依在母亲底身边,母亲底身边就是她底极乐国。像我们这样的学校总不算坏的了,而采莲读了两天书,今天就不来。"

下午三点钟,萧涧秋退了课。他就如散步一样,走向她们底家里。他先经过一条街买了两只苹果——苹果在芙蓉镇里,是算上等的难得的东西,外面包了一张纸,藏在透明的玻璃瓶内——萧涧秋拿了苹果,依着河边,看看阴云将雨的天色,他心里非常凉爽地走去。

走过了柏树底荫下,他就望见采莲底家底门口,青年寡妇坐着补衣,她底孩子在旁边玩。萧涧秋走近去,他们也望见他了,远远的招呼着,孩子举着两手,似向他说话。他疑心采莲为什么不在,可是,一边也就走近,拿出一个苹果来,叫道:

"喂,小弟弟,你要么?"

孩子跑向他,用走不完全的脚步跑向他。他就将孩子抱起,一个苹果交在孩子底手里,孩子用他底两只小手捧着,也就将外面的一张包纸撕脱了,闻起来。萧涧秋便问道:

"你底姊姊呢?"

"姊姊?"

小孩子重复了一句。青年寡妇接着说:

"她早晨忽然说肚子痛,我探探她底头有些热,我就叫她不要去读书了。采莲还要想去,是我叫她不要去,我说先生不会骂的,中饭也没有吃,我想饿她一餐也好。现在睡在床内,也睡去好久了。"

"我去看看,"萧涧秋说。

同时三人就走进屋内。

等萧涧秋走近床边,采莲也就醒了,仿佛被他们底轻轻的脚步唤醒一样。萧低低地向她叫了一声,她立刻快乐地唤起来:

"萧伯伯,你来了么?"

"是呀,我因你不来读书,所以来看看你。"

"妈妈叫我不要读书的呢!"

女孩子向她母亲看了一眼。萧涧秋立刻接着说:

"不要紧,不要紧。"

很快地停了一息,又问:

"你现在身体觉得怎样?"

女孩微笑地答:

"我好了,我病好了,我要起来。"

"再睡一下罢,我给你一个苹果。"

同时萧涧秋将另一苹果交给她,并坐下她底床边。一边又摸了一摸她底额,觉得额上还有些微热的。又说:

"可惜我没有带了体温表来,否则也可以量一量她有多少热度。"

妇人也探了一下,说:

"还好,这不过是睡醒如此。"

采莲拿着苹果,非常喜悦地,似从来没有见过苹果一样,放在唇边,又放在手心上。这时这两个苹果的功效,如旅行沙漠中的人,久不得水时所见到的一样,两个小孩底心,竟被两个苹果占领了去。萧涧秋看得呆了,一边他向采莲凑近问:

"你要吃么？"

"要吃的。"

妇人接着说：

"再玩一玩罢，吃了就没有。贵的东西应该保存一下才好。"

萧涧秋说：

"不要紧，要吃就吃了；我明天再买两个来。"

妇人接着凄凉地说：

"不要买，太贵呢！小孩子底心又哪里能填得满足。"

可是萧涧秋终于从衣袋内拿出小刀子来，将苹果的皮削去了。

这样大概又过了半点钟。窗外却突然落起了小雨。萧随即对采莲说：

"小妹妹，我要回去了，天已下雨。"

女孩子却撒娇地说：

"等一等，萧伯伯，你再等一等。"

可是一下，雨却更大了。萧涧秋愁起眉说：

"趁早，小妹妹，我要走；否则，天暗了我更走不来路。"

"天会晴的，一息就会晴的。"

她底母亲也说：

"现在已经走不来路，雨太大了，我们家里连雨伞也没有。萧先生还是等一等罢，可惜没有菜蔬，或者吃了饭去？"

"还是走。"

他就站起身来，妇人说道：

"这样衣服要完全打湿的,让我借伞去罢。"

窗外的雨点已如麻绳一样,借伞的人简直又需要借伞了。萧涧秋重又坐下,阻止说:

"不要去借,我再坐一息罢。"

女孩子也在床上欢喜地叫:

"妈妈,萧伯伯再坐一息呢!"

妇人留在房内,继续说:

"还是在这里吃了晚饭,我只烧两只鸡蛋就是。"

女孩应声又叫,牵着他底手:

"在我们这里吃饭,在我们这里吃饭。"

萧涧秋轻轻地问她说:

"吃了饭还是要去的?"

女孩想了一下,慢慢说:

"不要去,假如雨仍旧大,就不要去。我和萧伯伯睡在床底这一端,让妈妈和弟弟睡在床底那一端,不好么?"

萧涧秋微笑地向青年寡妇看了一眼,只见她脸色微红地低下头。房内一时冷静起来,而女孩终于奇怪地不懂事地问:

"妈妈,萧伯伯睡在这里有什么呢?"

妇人勉强的吞吐答:

"我们的床,睡不下萧先生的。"

采莲还是撒娇地:

"妈妈,我要萧伯伯也睡在这里呢?"妇人没有话,她底心被女孩底天真的话所拨乱,好像跳动的琴弦。各人抬起头来向各人一看,只觉接触了目光,便互相一笑又低下头。妇人一时似想到了什么,可是止住她要送上眼眶来的泪珠,抱起孩子。萧涧秋也觉得不能再坐,他看一看窗外将晚的天色,雨点疏少些的时候,就向采莲轻微地说:

"小妹妹,现在校里那班先生们正在等着我吃饭了,我不去,他们要等的饭冷了。我要去了。"

女孩又问:

"先生们都等你吃饭的么?"

"对咯,"他答。

"陶姊姊也在等你么?"

萧涧秋又笑了一笑,随口答:

"是的。"

妇人在旁就问谁是陶姊姊,萧涧秋答是校长的妹妹。妇人蹙着眉说:

"采莲,你怎么好叫她陶姊姊呢?"

女孩没精打采地:

"陶姊姊要我叫她陶姊姊的。"

妇人微愁地说。

"女孩太娇养了,一点道理也不懂。"

同时萧涧秋站起来说。

"不要管她,随便叫什么都可以的。"

一边又向采莲问:

"我去了,你明天来读书么?"

女孩不快乐地说,似乎要哭的样子:

"我来的。"

他重重地在她脸上吻了两吻,吻去了她两眼底泪珠,说:
"好的,我等着你。"

这样,他举动迅速地别了床上含泪的女儿和正在沉思中的少妇,走出门外。

头上还是雨,他却在雨中走的非常起劲。只有十分钟,他就跑到了校内。已经是天将暗的时候,校内已吃过晚饭了。

九

萧涧秋底衣服终究被雨淋的湿了。他向他自己底房里推进门去,不知怎样一回事,陶岚正在阴暗中坐着,他几乎辨别不出是她。他走近她底身前,向她微笑的脸上,叫一声"岚弟!"同时他将他底右手轻放在她底左肩角上。心想:

"我却随便地对采莲答她等着,她却果然等着,这不是梦么?"

而陶岚好似挖苦地问:

"你从哪里来?"

"看了采莲底病。"

"孩子有病了吗?"陶岚问。

随着,他就将她底病是轻微的,或者明天就可以来读书;因天雨,他坐着陪她玩了一趟;夜黑了,他不得不冒雨回来,也还没有吃饭等话,统统说了一遍。一边点亮灯,一边开了箱子拿出衣服来换。陶岚叙述说:

"我是向你来问题目的。同时哥哥也叫我要你到我们家里去吃晚饭。可是我却似带了雨到你这里来,我也在这里坐了有一点钟了。我看托尔斯太的《艺术论》,看了几十沛迟,我不十分赞成这位老头子底思想。现在也不必枵腹论思想了,哥哥等着,你还是同我一道到家里吃晚饭去罢。"

萧将衣服换好,笑着说:

"不要,我随便在校里吃些。"

而她嬉谑的问:

"那末叫我此刻就回去么?还是叫我吃了饭再来呢?"

她简真用要挟孩子的手段来要挟他,可是他在她底面前也果然变成一个孩子了。借了两顶伞,灭下灯,两人就向门外走出去。

小雨点打着二人底伞上,响出寂寞的调子。黄昏底镇内,也异样地萧索。二人深思了一时,萧涧秋不知不觉地说道:

"钱正兴好似今天没有来校。"

"你不知道他底缘故么?"

陶岚睁眼地问。他微笑的:

"叫我从什么地方去知道呢!"

陶岚非常缓冷地说:

"他今天上午差人送一封信给哥哥,说要辞去中学的职务。原因完全关于我的,也关于你。"

同时她转过头向他看了一眼。萧随问:

"关于我?"

"是呀,可是哥哥坚嘱我不能告诉你。"

"不告诉我也好,免得我苦恼地去推究。不过我也会料到几分的,因为你已经说了出来。"

"或者会,"陶岚说话时,总带着自然的冷淡的态度。

萧涧秋接着说:"不是么?因为我们互相的要好。"

她笑一笑,重复问:

"互相的要好?"

语气间似非常有趣。一息,又说:

"我们真是一对孩子,会一见,就互相的要好。哈,孩子似的要好。你也是这个意思么?"

"是的。"

"可是钱正兴怎样猜想我们呢?神秘的天性,奇妙的可笑的人,他或者也猜的不错。"她没精打采的。一时,又微颤的嗫嚅的说:

"我本答应哥哥不告诉你的,但止不住不告诉你。他说我已经爱上你了,虽则他知道我爱你的'爱'比他爱我的'爱'深一百倍,因为你是完全不知道怎样叫做'爱'的一个人,他说,你好似一块冷的冰。但是他恨,恨他自己为什么要有家庭,要有钱;为什么不穷的只剩他孤独一身。否则,我便会爱他。"陶岚说上面每个"爱"字的时候,已经吃吃的说不出,这时她更红起脸来,匆忙继续说:"错了,你能原谅我么?他底语气没有这样厉害,是我格外形容的。卑鄙的东西!"

萧涧秋几乎感得身体要炸裂了。他没有别的话,只问:

"你还帮他辩护么?"

"我求你!你立刻将这几句话忘记去罢!"

她挨近他底身，两人几乎同在一顶伞子底下。小雨继续在他们的四周落下。他没有说。

"我求你。因我们是孩子般要好，才将这话告诉你的。"

他向她苦笑一笑，同时以一手紧紧地捻她底一手，一边说：

"岚，我恐怕要在你们芙蓉镇里死去了！"

她低头含泪的：

"我求你，你无论如何不要烦恼。"

"我从来没有烦恼过，我是不会烦恼的。"

"这样才好，"她默默地一息，又嗫嚅地说："我真是世界上第一个坏人，我每每因为自己的真率，一言一动，就得罪了许多人。哥哥将钱的信给我看，我看了简直气的手足发冷，我不责备钱，我大骂哥哥为什么要将这信给我看。哥哥无法可想，只说这是兄妹间的感情。他当时嘱咐我再三不要被你知道。当然，你知道了这话的气愤，和我知道的气愤是一样的；我呢，"她向他看一眼，"不知怎样在你底身边竟和在上帝底身边一样，一些不能隐瞒，好似你已经洞悉我底胸中所想的一样，会不自觉地将话溜出口来。现在你要责备我，可以和我那时责备哥哥为什么要告诉，有意使你发怒一样。不过哥哥已说，'这是兄妹间的感情。'我求你，为了兄妹间的感情，不要烦恼罢！"

他向她苦笑，说：

"没有什么。我也决不愤恨钱正兴，你无用再说了！"

他俩一句话也没有，走了一箭，她底门口就出现在眼前。

这时萧涧秋和陶岚二人底心想完全各异,一个似乎不愿意走进去,要退回来;一个却要一箭射进去,愈快愈好,可是二人互相一看,假笑的,没有话,慢慢地走进门。

晚餐在五分钟以后就安排好。陶慕侃、陶岚、萧涧秋三人在同一张小桌子上。陶慕侃俨然似大阿哥模样坐在中央,他们两人孩子似的据在两边。主人每餐须喝一斤酒,似成了习惯。萧涧秋的面前只放着一只小杯,因为诚实的陶慕侃知道他是不会喝的。可是这次,萧一连喝了三杯之后,还是向主人递过酒杯去,微笑地轻说:

"请你再给我一杯。"

陶慕侃奇怪地笑着对他说:

"怎样你今夜忽然会有酒兴呢?"

萧涧秋接杯子在手里又一口喝干了,又递过杯去,向他老友说:

"请你再给我一杯罢。"

陶慕侃提高声音叫:

"你底酒量不小呢!你底脸上还一些没有什么,你是会吃酒,你往常是骗了我。今夜我们尽性吃一吃,换了大杯罢!"

同时他念出两句诗:

  人生有酒须当醉,莫使金樽空对月。

陶岚多次向萧涧秋做眼色,含愁地。萧却仍是一杯一杯地喝。这时她止不住地说道。

"哥哥,萧先生是不会喝酒的,他此刻当酒是麻醉药呢!"

她底哥哥正如一班酒徒一样的应声道:

"是呀，麻醉药！"

同时又念了两句诗：

何以解忧，惟有杜康。

萧涧秋放下杯子，轻轻向他对面的人说：

"岚，你放心，我不会以喝酒当作喝药的。我也不要麻醉自己。我为什么要麻醉自己呢？我只想自己兴奋一些，也可勇敢一些，我今天很疲倦了。"

这时，他们底年约六十的母亲从里面走出来，一位慈祥的老妇人，头发斑白的，向他们说：

"女儿，你怎么叫客人不要喝酒呢？给萧先生喝呀，就是喝醉，家里也有床铺，可以给萧先生睡在此地的。天又下大雨了，回去也不便。"

陶岚没有说，愁闷地。而且草草吃了一碗饭，不吃了，坐着，监视地眼看他们。

萧涧秋又喝了三杯，谈了几句关于报章所载的时事，无心地。于是说：

"够了，真的要麻醉起来了。"

慕侃不依，还是高高地提着酒壶，他要看看这位新酒友底程度到底如何。于是萧涧秋又喝了两杯；两人同时放下酒杯，同时吃饭。

在萧涧秋底脸上，终有夕阳反照的颜色了。他也觉得他底心脏不住地跳动，而他勉强挣扎着。他们坐在书室内，这位和爱的母亲，又给他们泡了两盏浓茶，萧涧秋立刻捧着喝起来。这时各人底心内都有一种异乎寻常所谈话的问题。陶慕侃看看眼前底朋友和他底妹妹,似乎愿意他们成为一对眷属,因一个是他所敬的,一个是他所爱的。那末对于钱正兴的那封信,究竟怎样答复呢?他还是不知有所解决。在陶岚底心里,想着萧涧秋今夜的任情喝酒,是因她告诉了钱正兴对他的讽刺的缘故,可是她用什么话来安慰他呢?她想不出。萧涧秋底心,却几次想问一问这位老友对于钱正兴的辞职,究竟想如何。但他终于没有说,因她的缘故,他将话支吾到各处去,——广东,或直隶。因此,他们没有一字提到钱正兴。

萧涧秋说要回校,他们阻止他,因他酒醉,雨又大。他想:

"也好,我索兴睡在这里罢。"

他就留在那间书室里,对着明亮的灯光,胡思乱想。——陶慕侃带着酒意睡去了。——一息,陶岚又走进来,她还带她母亲同来,捧了两样果子放在他底前面。萧涧秋底心里感到说不出的不舒服。这位慈爱的母亲问他一些话,简单的,并不像普通多嘴的老婆婆,无非关于住在乡下,舒服不舒服一类。萧涧秋是"一切都很好",简单地回答了,母亲就走出去。于是陶岚笑微微地问他:

"萧先生,你此刻还会喝酒么?"

"怎么呢?"

"更多地喝一点。"

她几分假意的。他却聚拢两眉向她一看,又低下头说:

"你却不知道,我那时不喝酒,我那时一定会哭起来。否则我也吃不完饭就要回到校里去。你知道,我是怎样的一个人,我是人间底一个孤伶的人。现在你们一家底爱,个个用温柔的手来抚我,我不能不自己感到凄凉,悲伤起来。"

"不是为钱正兴么?"

"为什么我要为他呢?"

"噢!"陶岚似乎骇异了。

一时,她站在他身前慢慢说:

"你可以睡了。哥哥吃饭前私向我说,他已写信去坚决挽留。"

萧涧秋接着说。

"很好,明天他一定来上课的。我又可以碰见他。"

"你想他还会来么?"

"一定的,他不过试试你哥哥底态度。"

"胡!"她又说了一个字。

萧继续说:

"你不相信,你可以看你哥哥的信稿,对我一定有巧妙的话呢!"

她也没有话,伸出手,两人握了一握,她踌躇地走出房外,一边说:

"祝你晚安!"

一〇

如此过去一个月。

萧涧秋在芙蓉镇内终于受校内校外的人们底攻击了。非议向他而进行，不满也向他注视了。

一个孤身的青年，时常走进走出在一个年青寡妇底家里底门限，何况他底态度的亲昵，将他所收入的尽量地供给了她们，简直似一个孝顺的儿子对于慈爱的母亲似的。这能不引人疑异么？萧涧秋已将采莲和阿宝看作他自己底儿女一样了，爱着他们，并留心着他们底未来，但社会，乡村的多嘴的群众，能明瞭这个么？开始是那班邻里的大人们私私议论，——惊骇挟讥笑的，继之，有几位妇人竟来到寡妇底前面，问长问短，关于萧涧秋底身上。最后，谣言飞到一班顽童底耳朵里，而那班顽童公然对采莲施骂起来，使采莲哭着跑回到她母亲底身前，咽着不休地说：“妈妈，他们骂我有一个野伯呢！”但她母亲听了女儿无故的被骂，除出也跟着她女儿流了一淌眼泪以外，又有什么办法呢？妇人只有忍着她创痛的心来接待萧涧秋，将她底苦恼隐藏在快乐底后面同萧涧秋谈话。可是萧涧秋，他知道，他知道乡人们用了卑鄙的心器来测量他们了，但他不管。他还是镇静地和她说话，活泼地和孩子们嬉笑，全是一副"笑骂由人笑骂，我行我素而已"的态度。在傍晚，他快乐地跑到西村，也快乐地跑回校内，表面全是快乐的。

可是校内，校内，又另有一种对待他的态度了。他和陶岚的每天的见面时的互相递爱的通信，已经被学校的几位教员们知道了。陶岚是芙蓉镇里的孔雀，谁也愿意爱她，而她偏在以他们底目光看来等于江湖落魄者底身前展开锦屏来，他们能不妒忌？以后，连这位忠厚的哥哥，也不以他妹妹底行为为然，他听得陶岚在萧涧秋底房内的笑声实在笑的太高了。一边，将学校里底教员们分成了党派，当每次在教务或校务会议的席上，互相厉害地争执起来，在陶慕侃底心里，以为全是他妹妹一人弄成一样。一次，他稍稍对他妹妹说："我并不是叫你不要和萧先生相爱，不过你应该尊重舆论一些，众口是可怕的。而且母亲还不知道，假使知道，母亲要怎样呢？这是你哥哥对你底诚意，你应审察一下。"而陶岚却一声不响，突然睁大眼睛，向她底哥哥火烧一般地看了一下，冷笑地答："笑骂由人笑骂，我行我素而已。"

一天星期日底下午，陶岚坐在萧涧秋底房内。两人正在谈话甜蜜的时候，阿荣却突然送进一封信来，一面向萧涧秋说：

"有一个陌生人，叫我赶紧将这封信交给先生，不知什么事。"

"送信的人呢？"

"回去了。"

答完，阿荣自己也出去。萧涧秋望望信封，觉得奇怪。陶岚站在他身边向他说：

"不要看它好罢？"

"总得看一看。"

一边就拆开了，抽出一张纸，两人同时看下。果然，全不是信的格式，也没有具名，只这样八行字：

芙蓉芙蓉二月开，

一个教师外乡来。

两眼炯炯如鹰目，

内有一副好心裁。
左手抱着小寡妇，
右手还想折我梅！
此人若不驱逐了，
吾乡风化安在哉！

萧涧秋立刻脸转苍白，全身震动地，将这条白纸捻成一团，镇静着苦笑地对陶岚说：

"我恐怕在这里住不长久了。"

一个也眼泪噙住地说：

"上帝知道，不要留意这个罢！"

两人相对。他慢慢地低下头说：

"一星期前，我就想和你哥哥商量，脱离此间。因为顾念小妹妹底前途，和一时不忍离别你，所以忍止住。现在，你想，还是叫我早走罢！我们来商量一下采莲底事情。"

他底语气非常凄凉，好似别离就在眼前，一种离愁底滋味缠绕在两人之间。沉静地一息，陶岚有力地叫：

"你也听信流言么？你也为卑鄙的计谋所中么？你岂不是以理智来解剖感情的么？"

他还是软弱地说：

"没有意志，我此刻就会昏去呢！"

陶岚立刻接着说。

"让我去澈查一下，这究竟是谁人造的话。这字是谁写的，我拿这纸去，给哥哥看一下。"

一边她将桌上的纸团又展了。他在旁说：

"不要给你哥哥看,他也是一个有同情心的人。"

"我定要澈查一下!"

她简直用王后的口气来说这句话的。萧涧秋向她问:

"就是查出又怎样?假如他肯和我决斗,他不写这种东西了。杀了我,岂不是干脆的多么?"

于是陶岚忿忿地将这张纸条撕作粉碎。一边流出泪,执住他底两手说:

"不要说这话罢!不要记住那班卑鄙的人罢!萧先生,我要同你好,要他们来看看我们底好。他们将怎样呢?叫他们碰在石壁上去死去。萧先生,勇敢些,你要拿出一点勇气来。"

他勉强地微笑地说:

"好的,我们谈谈别的罢。"

空气紧张地沉静一息,他又说:

"我原想在这里多住几年,但无论住几年,我总该有最后的离开之一日的。就是三年,三年也只有一千零几日,最后的期限终究要到来的。那末,岚,那时的小妹妹,只好望你保护她了。"

"我不愿听这话,"她稍稍发怒的,"我没有力量。我该在你底视线中保护她。"

"不过,她母亲若能舍得她离开,我决愿永远带她在身边。"

正是这个时候,有人敲门。萧涧秋去迎她进来,是小妹妹采莲。她脸色跑到变青的,含着泪,气急地叫:

"萧伯伯!"

同时又向陶岚叫了一声。

两人惊奇地，随即问：

"小妹妹，你做什么呢？"

采莲走到他底面前，说不清地说：

"妈妈病了，她乱讲话呢！弟弟在她身边哭，她也不理弟弟。"

女孩流下泪。萧涧秋向陶岚摇摇头。同时他拉她到他底怀内，又对陶说：

"你想怎么样呢？"

陶岚答：

"我们就去望一望罢。我还没有到过她们底家。"

"你也想去么？"

"我可以去么？"

两人又苦笑一笑，陶岚继续说：

"请等一等，让我叫阿荣向校里借了体温表来，可以给她底母亲量一量体温。"

一边两人牵着女孩底各一只手同时走出房外。

一一

当他们走入妇人底门限时，就见妇人睡在床上，抱着小孩高声地叫：

"不要进来罢！不要进来罢！让我一个人跳下去好了！"

萧涧秋向陶岚愁眉说：

"她还在讲乱话，你听。"

陶岚低着头点一点，将手搭在他底臂上。妇人继续叫：

"你们向后看着，唉！追着虎，追着虎！"

妇人几乎哭起来。萧涧秋立刻走到床边，推醒她说："是我，是我，你该醒一醒！"

小孩正在被内吸着乳。萧从头看到她底胸，胸起伏地。他垂下两眼，愁苦地看住床前。采莲走到她母亲的身边，不住地叫着妈妈，半哭半喊地。寡妇慢慢地转过脸，渐渐地清醒起来的样子。一下，她看见萧，立刻拉一拉破被，盖住小孩和她自己底胸膛，一面问：

"你在这里么？"

"还有陶岚先生也在这里。"

陶岚向她点一点首，就问：

"此刻心里觉得怎样呢？"

妇人无力地慢慢地答：

"没有什么，只口子渴一些。"

"那末要茶么？"

妇人没有答，眼上充满泪。陶岚就向房内乱找茶壶，采莲捧来递给她，里边一口水也没有。她就同采莲去烧茶。妇人向萧慨叹地说：

"多谢你们，我是没有病的。方才突然发起热来，人昏昏不知。女孩子大惊小怪，她招你们来的么！"

"是我们自己要来看看的。"

妇人滴下泪在小孩底发上，用手拭去了，没有话。小孩正在吸奶。萧涧秋缓缓地说：
"你在发热的时候，最好不要将奶给小孩吃。"
"叫我用什么给他吃呢！——我没有什么病。"
萧涧秋愁闷地站着。
这样到了天暗，妇人已经能够起床。他们两人才回来。
当天晚，陶岚又差人送来一封信。照信角上写的 No. 看起来，这已是她给他的第十五封信了。萧涧秋坐在灯下，将她底信展在桌上：

  我亲爱的哥哥：我活了二十几年，简直似黑池里底鱼一样。除了自己以外，一些不知道人间还有苦痛。现在，却从你底手里，认识了真的世界和人生。
  不知怎样我竟会和你同样地爱怜采莲妹妹底一家了。那位妇人，真是一位温良，和顺，有礼貌的妇人。虽则和我底个性有些相反，我却愿意引她做我底一位姊姊，以她底人生的经验，来调节我底粗疏与无知识的感情是最好的。但是，天呀！你为什么要夺去她底夫？造物生人，真是使人来受苦的么？即使她能忍得起苦，我却不能不诅咒天！
  我坐在她们底房内，你也瞧着我么？我几乎也流出眼泪来了。我看看她房底四壁，看看她底孩子和她所穿的衣服，又看看她青白而憔悴的脸，再想想她在病床上的一种凄凉苦况，天呀！为什么给她布置的如此凄惨呢？我幻想，假如你底两翅转了方向，不飞到我们村里来，有谁怜惜她们？有谁安慰她们？那她在这种呓语呻吟中的病的时候，我们只想见两个小孩在床前整天地哭，还有什么别的呢？哥哥，伟大的人，我已愿她做我底姊姊了。此后我们当互相帮助。

至于那个谣言，侃哥先向我谈起。在吃晚饭的时候，他照旧喝过一口酒感慨地说："外边的空气，已甚于北风的凛凛。哥哥也鄙夷他们，望你万勿（万勿！）介意。以后哥哥又喝了一口酒道，"此系以小人之心，度君子之腹也。"不过哥哥始终说，造这八句诗的人，决不是校内同事。我向他辩驳，不是孔方老爷，就是一万同志。他竟对我赌起咒来，弄得母亲都笑了。

萧先生，你此刻怎样？以你底见识，此刻想，定不为他们无端所恼？你千万不可有他念，你底直诚与坦白，终有笼罩吾全芙蓉镇之一日！祝你快乐地嚼着学校底清淡的饭。

弱弟岚上

萧涧秋一时呆着，似乎他所有底思路，一条条都被她底感情裁断了。他迟疑了许久，才恍惚地向抽屉拿出一张纸，用钢笔写道：

我不知怎样，只觉自己在漩涡里边转。我从来没有经过这个现象，现在，竟转的我几乎昏去。唉！我莫非在做梦么？

你当也记得——采莲底母亲呓语时所说底话。莫非我的背后真被追着老虎么?那我非被这虎咬死不成?因为我感到,无论如何,不能让那位可怜的寡妇"一个人跳下去"!

我已将一切解剖过。几乎费了我今晚两个吃晚饭的时候。我是勇敢的,我也斗争的,我当预备好手枪,待真的虎来时,我就照准它底额一枪!岚弟,你不以为我残暴么?打狼不能用打狗的方法的,你看,这位妇人为什么病了?从她底呓语里可以知道她病底根由。

我不烦恼,祝你快乐!

你底勇敢的秋白

他写好这信,睡在床上,自想他非常坚毅。

第二天一早,女孩来校。她带着书包首先就跑到萧涧秋底身边来,告诉他说:

"萧伯伯,妈妈说,妈妈底病已好了,谢谢你和陶姊姊。"

这时室内有好几位教师坐着,方谋也在座。他们个个屏息地用他们好奇的眼睛,做着恶意的笑的脸孔注视他和她。萧涧秋似乎有意要多说几句话,向女孩问道:

"你妈妈起来了么?"

"起来了。"

"吃过粥么?"

"吃过。"

"你底陶姊昨晚交给她的药也吃完么?"

女孩似听不清楚,答:"不知道。"于是他和往日一样地向采莲底颊上吻一吻,女孩就跑去。

一二

第二天晚上,萧涧秋在房内走来走去,觉得非常地不安。虽则当夜的天气并不热,可是他以为他底房内是异常郁闷。他底桌上放着一张白信纸,似乎要写信的样子,可是他走来走去,并不曾写。一息,想去开了房门,放进冷气来,清凉一下他底脑子。可是当他将门拉开的时候,钱正兴一身华服,笑容可掬地走进来,正似他迎接他进来一样。钱正兴随问,声音温柔地:

"萧先生要出去么?"

"不。"

"有事么?"

"没有。"

钱正兴又向桌上看一看,又问:

"要写信么?"

"想要写,写不出。"

"写给谁呢?"

他说这几句话的时候,眼向房内乱转,似要找出那位和他通信的人来。萧涧秋却立刻答:

"写给陶岚。"

这位漂亮的青年,一时默然。坐在墙边,眼看着地,似一位怕羞的姑娘底样子。萧转问他:"钱先生有什么消息带来告诉我呢?"

钱正兴抬头,笑着:

"消息?"

"是呀,乡村底舆论。"

"有什么乡村底舆论呢,我们底镇内岂不是个个人对萧先生都敬重的么?虽则萧先生到我们这里来不上两月,而萧先生大名,却已经连一班牧童都知道了。"

萧涧秋附和着笑了一笑。心狐疑地猜想着,——对面这位情敌,不知对他究竟是善意,还是恶意?一边他说:

"那我在你们这里真是有幸福的。"

"假如萧先生以为有幸福,我希望萧先生永远住下去。"

"永远住下去?可以么?"

"同我们一道做芙蓉镇底土著。"

很快地停一息,接着说:

"所以我想问一问,萧先生有心要组织一个家庭在芙蓉镇里么?"

萧涧秋似快乐地心跳的样子,问:

"组织一个家庭?你这么说么?"

"我也是听来的,望你勿责。"

他还是做着温柔的姿势。萧又哈的冷笑一声说:

"这于我是好事。可是外界说我和谁组织呢?"

"你当然有预备了。"

"没有,没有。"

"没有?"他也笑,"藏着一位很可爱的妇人呢!实在是一位难得的贤良妇人。"

萧冷冷地假笑问:

"谁呀?我自己根本还没有选择。"

"选择?"很快地停一息,"外界都说你爱上采莲底母亲。她诚然是可爱的,在西村谁都称赞她贤慧。"

"胡说!我另有爱。"

萧涧秋感得几分忿怒,可是他用他底怒容带笑地表现出来。钱又娇态地问:

"谁呢,可以告诉我么?"

"陶岚,慕侃底妹妹。"

"你爱她么?"

"我爱她。"

萧自然有力地说出。钱一时默然。一息,萧又笑问:

"闻你也爱她?"

"是,也爱她,比爱自己底生命还甚。"

语气凄凉地。萧接着笑问:

"她爱你么?"

一个慢慢地答:

"爱过我。"

"现在还爱你么?"

"不知道她底心。"

"那让我代告诉你罢,钱先生,她现在爱我。"

"爱你?"

"是。所以还好,假如她同时爱两人,那我和你非决斗不可。你也愿意决斗么?"

"决斗?可以不必。这是西方的野蛮风俗。萧先生,为友谊不能让一个女人么?"

萧一时愁着,没有答。一息说:

"她不爱你,我可以强迫她爱你么?"

钱正兴却几乎哭出来一般说:

"她是爱我的,萧先生,在你未来以前。她是爱我的,已经要同我订婚了。可是你来,她却爱你了。在你到的那天晚上的一见,她就爱你了。可是,我,我失恋的人,心里怎样呢?萧先生,你想,我比死还难受。我是十分爱陶岚的,时刻忘不了她,夜夜底梦里有她。现在,她爱你——我早知道她爱你了。不过我料你不爱她,因为你是采莲底母亲的。现在,你也爱她,那叫我非自杀不可了……"

他没有说完,萧涧秋不耐烦地插进说:

"钱先生,你为什么对我说这些话呢?你爱陶岚,你向陶岚去求婚,对我说有什么用呢?"

钱正兴哀求似地接着说:

"不,我请求你!我一生底苦痛与幸福,关系在你这一点上。你肯允许,我连死后都感激,破产也可以。"

"钱先生,你可拿这话勇敢地向陶岚去说。我对你有什么帮助呢?"

"有的,萧先生,只要你不和她通信就可以。慕侃已不要她来校教书,假如你再不给她信,那她就会爱我了。一定会爱我的，我以过去的经验知道。那我一生底幸福，全受萧先生所赐。萧先生的胸怀是救世的，那先救救我罢！救救我底自杀，萧先生会这样做么？"

"钱先生，情形不同了。她也不会再爱你了。"

"同的，同的，萧先生，只求你不和她通信……"

他仍似没有说完，却突然停止住。萧涧秋非常愤激的，默默地注视着对面这位青年。他想不到这人是如此阴谋，软弱。他底全身几乎沸腾起来，这一种的请求，实在如决了堤的河水流来一样。一息，又听钱说道：

"而且，萧先生，我当极力报答你，你如爱和采莲底母亲组织家庭。"

萧涧秋立刻站起来，愤愤地说：

"不要说了，钱先生，我一切照办，请你出去罢。"

一边他自己开了门，先走出去。他气塞地愤恨地一直跑到学校园内，倚身在一株冬青树的旁边。空间冰冷的，他似要溶化他底自身在这冰冷的空间内。他极力想制止他自己底思想，摆脱方才那位公子所给他的毫无理由的烦恼，他冷笑了一声。

他站了半点钟，竟觉全身冰冷的；于是慢慢转过身子，到他底房内。钱正兴，无用的孩子已经走了。他蹙着眉又沉思了一息，就精疲力尽地向床上跌倒，一边喊，"爱呀，爱呀，摆脱了罢！"

一三

光阴是这样无谓地过去。三天以后,采莲又没有来校读书。上午十点钟,陶岚到校里来,问起她,萧涧秋答:

"恐怕她母亲又病了。"

陶岚迟疑地说:

"否则为什么呢?她底母亲也是一个多思多虑的人。处这样的境遇,外界又没有人同情她,还用带荆棘的言语向她身上打,不病也要病了!我们,"她眼向萧转一转,说错似的,"我,就可以不管人家,所以还好,不生病,——我的病是慢性的。——像她,……这个社会……你想孩子怎样好?"

她语句说不完,似乎说的完全就没有意义了。萧接着说:

"我们下午再去看一看罢。"

正这时,话还未了,采莲含着泪珠跑来。他们惊奇了,萧立刻问:

"采莲,你怎么?"

女孩子没有答,书袋仍在她底腋下。萧又问:

"你妈妈底病好了么?"

"妈妈好了。"

女孩非常难受地说出。她站着没有动。陶岚向她问,蹲下身子:"小妹妹,你为什么到此刻才来呢?你不愿来读书么?"

女孩用手掩在眼上答:

"妈妈叫我不要告诉萧伯伯，还叫我来读书。弟弟又病了，昨夜身子热，过了一夜，妈妈昨夜一夜不曾睡。她说弟弟的病很厉害，叫我不要被萧伯伯知道。还叫我来读书。"

女孩要哭的样子。萧涧秋呆站着。陶岚将女孩抱在身边，用头偎着她头，向萧问：

"怎么呢？"

他愁一愁眉，仍呆立着没有说。

"怎么呢？"

"我简直不知道。"

"为社会嘴多，你又是一个热心的人。"

他忽然悔悟地笑一笑，说：

"时光快些给我过去罢，上课的铃，我听它打过了。"

同时他就向教务处走去。

在吃晚饭以前，萧涧秋仍和往常散步一样，微笑的，温良的，向采莲底家里走去。他感得在无形之中，他和她们都隔膜起来了。

当他走到她们底门外时，只听里面有哭声，是采莲底母亲底哭声。他立刻惊惶起来，向她底门推进，只见孩子睡在床上，妇人坐在床边，采莲不在。他立刻气急地问：

"孩子怎么了？"

妇人抬头向他看了一看，垂下头，止着哭。他又问：

"什么病呢？"

"从前天起，一刻刻地厉害。"

他走到孩子底身边，孩子微微地闭着眼。他放手在小孩底脸上一摸，脸是热的。看他底鼻孔一收一放地扇动着。他站着几分钟，有时又听他咳嗽，将痰咽下喉去。他心想，"莫非是肺炎么?"同时他问她：

"吃过药么?"

"吃过一点，是我自己想想给他吃的，没有看过医生。此刻看来不像样，又叫采莲去请一位诊费便宜些的伯伯去了。"

"要吃奶么?"

"也似不想吃。"

他又呆立一回，问：

"采莲去了多久?"

"半点钟的样子。大概女孩又走错路了，离这里是近的。"

"中国医生么?"

"是。"

于是他又在房内走了两圈，说："你也不用担忧，小孩总有他自己底运命。而且病是轻的，看几天医生，总可以好。不过此地没有西医么?"

"不知道。"

天渐渐黑下来，黄昏又现出原形来活动了。妇人慢慢地说：

"萧先生，这孩子底病有些不利。关于他，我做过了几个不祥的梦。昨夜又梦见一位红脸和一位黑脸的神，要从我底怀中夺去他！为什么我会梦这个呢？莫非李家连这点种子都留不下去么?"她停一停，涌出泪来，她底声音哽咽着，"先生，假如孩子真的没有办法，叫我……怎样……活……的下……

去呢?"

萧涧秋心里是非常悲痛地。可是他走近她底身边说:

"你真是一个不懂事的人。为什么要说这话? 梦是迷信呢!"

一边又踌躇地向房内走了一圈,又说:

"你现在只要用心看护这孩子,望他快些好起来。一切胡思乱想,你应当丢开。"

他又向孩子看一回,孩子总是昏昏地,——呼吸着,咳着。

"梦算什么呢? 梦是事实么? 我昨夜也梦自己向一条深的河里跳下去,昏沉地失了知觉,似乎只抱着一块小木板,随河水流去,大概将要流到海里,于是我便——"他没有说出死字,转过说,"莫非今天我就真的要去跳河么?"

他想破除妇人底对于病人最不利的迷信,就这样轻缓地庄重地说出。而妇人说:

"先生,你不知道——"

她底话没有说完,采莲气喘喘地跑进来。随后半分钟,也就走进一位几乎要请别人来给他诊的头发已雪白了的老医生。他先向萧涧秋慢慢地细看一回,伛着背又慢慢地戴起一副阔边的眼镜,给小孩诊病。他按了一回小孩底左手,又按了一回小孩底右手,翻开小孩底眼,又翻开小孩底口子,将小孩弄得哭起来。于是他说:

"没有什么病,没有什么病,过两三天就会好的。"

"没有什么病么? 伯伯!"

妇人惊喜地问。老医生不屑似地答：

"以我行医六十年的经验，像这样的孩子底病是无须医的。现在姑且吃一服药罢。"

他从他底袖口内取出纸笔，就着灯下，写了十数味草根和草药。妇人递给他四角钱，他稍稍客气地放入袋里。于是又向萧涧秋——这时他搂着采莲，愁思地——仔细看了看。偻着背走出门外，妇人送着。

妇人回来向他狐疑地问，脸上微微喜悦地：

"萧先生，医生说他没有什么病呢？"

"所以我叫你不要忧愁。"

一个无心地答：

"看这样子会没有病么？"

"我代你们去买了药来再说罢。"

可是妇人愚笨地，息说：

"萧先生，你还没有吃过晚饭呢？"

"买好药再回去吃。"

妇人痴痴地坐着，她自己是预备不吃晚饭了，萧涧秋拿着药方走出来。采莲也痴痴地跟到门口。

一四

第二天，萧涧秋又到采莲的家里去一趟。孩子底病依旧如故。他走去又走回来，都是空空地走，于孩子毫无帮助。妇人坐守着,对他也不发微笑。

晚上,陶岚又亲自到校里来,她拿了几本书来还萧,当递给他的时候,她苦笑说:

"里面还有话。"

同时她又向他借去几本图画。简直没有说另外的话,就回去了。

萧涧秋独自呆站在房内,他不想读她底信,他觉得这种举动是非常笨的,可笑的。可是终于向书内拿出一条长狭的纸,看着纸上底秀丽的笔迹:

计算,已经五天得不到你底回信了。当然,病与病来扰乱了你底心,但你何苦要如此烦恼呢?我看你底态度和以前初到时不同,你逐渐逐渐地消极起来了。你更愁更愁地愁闷起来了。侃哥也说你这几天瘦的厉害,萧先生,你自己知道么?

我,我确乎和以前两样。谢谢你,也谢谢天。我是勇敢起来了。你不知道罢。侃哥前几天不知怎样,叫我不要到校里来教学,强迫我辞职;而我对他一声冷笑。他最后说:"妹妹,你不辞职,那只好我辞职了!一队男教师里面夹着一位女教师,于外界底流言是不利的。"我就冷冷地,对他说:"就是你辞了职,我也还有方法教下去,除非学校关门不办。"到第二天,我在教室内对学生说了几句暗示的话。学生们当夜就向我底哥哥说,他们万不肯放"女陶先生"走,否则,他们就驱逐钱某。现在,侃哥已经悔悟了,再三讨我宽恕,并对你十二分敬佩。他说,他的对你的一切"不以为然"现在都冰释了。此后钱某若再辞职,他一定准他。哥哥笑话:"为神圣的教育和神圣的友爱计,不能不下决心!"现在,我岂不是战胜了?最亲爱的哥哥,什么也没有问题,你安心一些罢!

请你给我一条叙述你底平安的回字。

再,采莲弟弟底病,我下午去看过他,恐怕这位小生命不能久留在人世了。他底病,你也想得到么?是她母亲底热传染给他的,再加他从椅子上跌下来,所以厉害了!不过为他母亲着想,死了也好。哈,你不会说我良心黑色罢?不过这有什么方法呢?以她底年龄来守几十年的寡,我以为是苦痛的。但身边带着一个孩子可以嫁给谁去呢?所以我想,万一孩子不幸死了,劝她转嫁。听说有一个年轻商人要想娶她的。

请你给我一条叙述你底平安的回字。

你底岚弟上

他坐在书案之前,苦恼地脸对着窗外。他决计不写回信,待陶岚明天来,他对面告诉她一切。他翻开学生们底练习簿子,拿起一支红笔醮着红墨水,他想校正它们。可是怎样,他却不自觉地于一忽之间,会在空白的纸板画上一朵桃花。他一看,自己苦笑了。就急忙将桃花涂掉,去找寻学生的练习簿上底错误。

第三天早晨,萧涧秋刚刚洗好脸,采莲跑来。他立刻问:

"小妹妹,你这么早来做什么?

女孩轻轻地答：

"妈妈说，弟弟恐怕要死了！"

"啊！"

"妈妈说，不知道萧伯伯有方法没有？"

他随即牵着女孩底手，问：

"此刻你妈妈怎样？"

"妈妈只有哭。"

"我同你到你底家里去。"

一边，他就向另一位教师说了几句话，牵着女孩子，飞也似地走出校门来。清早的冷风吹着他们，有时萧涧秋咳嗽了一声，女孩问：

"你咳嗽么？"

"是，好像伤风。"

"为什么伤风呢？"

"你不知道，我昨夜到半夜以后还一个人在操场上走来走去。"

"做什么呢？"

女孩仰头看他，一边脚步不停地前进。

"小妹妹，你是不懂得的。"

女孩没有话，小小的女孩，她似乎开始探究人生底秘密了。一息又问：

"你夜里要做梦么？因为要做梦就不去睡么？"

萧向她笑一笑，点一点头，答：

"是的。"

可是女孩又问：

"梦谁呢？"

"并不梦谁。"

"不梦妈妈么？不梦我么？"

"是，梦到你。"

于是女孩接着诉说，似乎故事一般。她说她曾经梦到他：他在山里，不知怎样，后面来了一只狼，狼立刻冲着他去了。她于是在后面追，在后面叫，在后面哭。结果，她醒了，是她母亲唤醒她的。醒来以后，她就伏在她母亲底怀内，一动也不敢动。她末尾说：

"我向妈妈问：萧伯伯此刻不在山里么？在做什么呢？妈妈说：在校里，他正睡着，同我们一样。于是我放心了。"

这样，萧涧秋向她看看，似乎要从她底脸上，看出无限的意义来。同时，两人已经走到她底家，所有的观念，言语，都结束了，用另一种静默的表情向房内走进去。

这时妇人是坐着，因为她已想过她最后的运命。

萧走到孩子底身边，孩子照样闭着双眼呼吸紧促的。他轻轻向他叫一声：

"小弟弟。"

而孩子已无力张开眼来瞧他了！

他仔细将他底头，手，脚摸了一遍。全身是微微热的；鼻翼扇动着。于是他又问了几句关于夜间的病状，就向妇人说：

"怎么好？此处又没有好的医生。孩子底病大概是肺炎，可是我只懂得，一点医学的常识，叫我怎样呢？"

他几乎想得极紧迫样子,一息,又说:

"莫非任他这样下去么?让我施一回手术,看看有没有效。"

妇人却立刻跳起说:

"萧先生,你会医我底儿子么?"

"我本不会的,可是坐守着,又有什么办法?"

他稍稍踌躇一息,又向妇人说:

"你去烧一盆开水罢。拿一条手巾给我,最好将房内弄的暖些。"

妇人却呆站着不动。采莲向她催促:

"妈妈,萧伯伯叫你拿一条手巾。"

同时,这位可爱的姑娘,她就自己动手去拿了一条半新旧的手巾来,递给他,向他问:

"给弟弟洗脸么?"

"不是,浸一浸热给你弟弟缚在胸上。"

这样,妇人两腿酸软地去预备开水。

萧涧秋叫妇人将孩子抱起来。一面他就将孩子底衣服解开,再拿出已浸在面盆里底沸水中的手巾,稍稍凉一凉,将过多的水绞去,等它的温度可以接触皮肤,他就将它缚在孩子底胸上,再将衣服给他裹好。孩子已经一天没有哭声,这时,似为他这种举动所扰乱,却不住地单声地哭,还是没有眼泪。母亲的心里微微她有些欢欣着,祝颂着,她从不知道一条手巾和沸水可以医病,这实在是一种天赐的秘法,她想她儿子底病会好起来,一定无疑。一时房内清静地,她抱着孩子,将头靠在孩子底发上,斜看着身前坐在一把小椅子上也搂着采莲的青年。她底心是极辽远辽远地想。她想他是一位不知从天涯还是从地角来的天使,将她阴云密布的天色,拨见日光,她恨不能对他跪下去,叫他一声"天呀!"

房内静寂约半点钟,似等着孩子底反应。他一边说:

"还得过了一点钟再换一次。"

这时妇人问:

"你不上课去么?"

"上午只有一课,已经告了假了。"

妇人又没有声音。他感到寂寞了,他慢慢地向采莲说:

"小妹妹,你去拿一本书来,我问问你。"女孩向他一看,就跑去。妇人却忽然滴下眼泪来说:

"在我这一生怕无法报答你了!"

萧涧秋稍稍奇怪地问——他似乎没有听清楚:

"什么?"

妇人仍旧低声地流泪地说:

"你对我们的情太大了!你是救了我们母子三人的命,救了我们这一家!但我们怎样报答你呢?"

他强笑地难以为情地说:

"不要说这话了!只要我们能好好地团聚下去,就是各人底幸福。"

女孩已经拿书到他底身边,他们就互相问答起来。妇人私语地:

"真是天差先生来的,天差先生来的。这样,孩子底病会不好么？哈，天是有它底大眼睛的。我还愁什么？天即使要辜负我，天也不敢辜负先生，孩子底病一定明天就会好。"

萧涧秋知道这位妇人因小孩底病的缠绕过度，神经有些变态，他奇怪地向她望一望。妇人转过脸，避开愁闷的样子。他仍低头和女孩说话。

一五

上午十时左右。

阳光似金花一般撒满人间。春天之使者似在各处舞跃；云间，树上，流动的河水中，还来到人类的各个底心内。在采莲底家里，病的孩子稍稍安静了，呼吸不似以前这么紧张。妇人坐在床边，强笑地静默地想着。半空吊起的心似放下一些了。萧涧秋坐在一把小椅子上，女孩在房内乱跑。酸性的房内，这时舒畅不少安慰不少了。

忽然有人走进来。站在他们底门口，而且气急地——这是陶岚。他们随即转过头，女孩立刻叫起来向她跑去，她也就慢慢地问：

"小弟弟怎么样？"

"谢谢天，好些了，"妇人答。

陶岚走进到孩子底身边，低下头向孩子底脸上看了看。采莲的母亲又说：

"萧先生用了新的方法使他睡去的。"陶岚就转头问他，有些讥笑地：

"你会医病么？"

"不会。偶然知道这一种病，和这一种病的医法，还是偶然的。此地又没有好的医生，看孩子气急下去么？"

他难以为情地说。陶岚又道：

"我希望你做一尊万灵菩萨。"

萧涧秋当时就站起来，两手擦了一擦，向陶岚说：

"你来了，我要回去了。"

"为什么呢？"一个问。

"她已经知道这个手续，我下午再来一趟就是。"

"不，请你稍等片刻，我们同回去。"

青年妇人说：

"你不来也可以。有事，我会叫采莲来叫你的。"

陶岚向四周看一看，似侦探什么，随说：

"那末我们走罢。"

女孩依依地跟到门口，他们向她摇摇头就走远了。一边陶岚问他：

"你要到什么地方去？"

"除出学校还有别的地方么？"

"慢些，我们向那水边去走一趟罢，我还有话对你说。"

萧涧秋当即同意了。

他慢慢地抬头看她，可是一个已俯下头，问：

"钱正兴对你要求过什么呢？"

"什么？没有。"

"请你不要骗我罢。我知道在你底语言底成分中,是没有一分谎的,何必对我要异样?"

"什么呢,岚弟?"

他似小孩一般。一个没精打采地说:

"你运用你另一副心对付我,我苦恼了。钱正兴是我最恨的,已经是我底仇敌,一边毁坏你底名誉,一边也毁坏我底名誉。种种谣言的起来,他都同谋的。我说这话并不宽枉他,我有证据。他吃了饭没事做,就随便假造别人底秘密,你想可恨不可恨?"

萧这时插着说:

"那随他去便了,关系我们什么呢?"

一个冷淡地继续说:

"关于我们什么?你恐怕忘记了。昨夜,他却忽然又差人送给我一封信,我看了几乎死去!天下有这样一种不知羞耻的男子,我还是昨夜才发现!"她息一息,还是那么冷淡地,"我们一家都对他否认了,你为什么还要对他说,叫他勇敢她向我求婚呢?为友谊计?为什么呢?"

她完全是责备的口气。萧却态度严肃起来,眼光炯炯地问:

"岚弟,你说什么话呢?"

一个不响,从衣袋内取出一封信,递给他。这时两人已经走到一处清幽的河边,新绿的树叶底阴翳,铺在浅草地上。春色的荒野底光芒,静静地笼罩着他俩底四周。他们坐下来。他就从信内抽出一张彩笺,读下:

亲爱的陶岚妹妹：现在，你总可允诺我底请求了。因为你所爱的那个男子，我和他商量，他自己愿意将你让给我。他，当然另有深爱的；可以说，他从此不再爱你了。妹妹，你是我底妹妹——

妹妹，假如你再还我一个"否"字，我就决计去做和尚——自杀！我失了你，我底生命就不会再存在了。一月来，我底内心的苦楚，已在前函详述之矣，想邀妹妹青眼垂鉴。

我在秋后决定赴美游历，愿偕妹妹同往。那位男子如与那位寡妇结婚，我当以五千元畀之。

下面就是"敬请闺安"及具名。

他看了，表面倒反笑了一笑。向她说，——她是忿忿地看住一边的草地。

"你也会为这种请求所迷惑么？"

她没有答。

"你以前岂不是告诉我说，你每收到一种无礼的要求的信的时候，你是冷笑一声，将信随随便便地撕破了抛在字纸篓内？现在，你不能这样做么？"

她含泪的惘惘然回头说：

"他侮辱我底人格，但你怎么要同他讨论关于我底事情呢？"

萧涧秋这时心里觉得非常难受，一阵阵地悲伤起来，他想——他亦何尝不侮辱他底人格呢？他愿意去同他说话么？而陶岚却一味责备他，正似他也是一个要杀她的刽子手，他不能

不悲伤了!——一边他挨近她底身向她说:

"岚弟,那时设使你处在我底地位,你也一定将我所说的话对付他的,因为我已经完全明了你底人格,感情,志趣。你不相信我么?"

"我相信你的,深深地相信你的。不过你不该对他说话,他是因为造我们底谣,我们不理他,才向你来软攻的,你竟被他计谋所中么?"

"不是。我知道假如你还有一分爱他之心,为他某一种魔力所引诱,你不是一个意志坚强的人,那我无论如何也不会叫他向你求婚的。何况,"他静止一息,"岚弟,不要说他罢!"

一边他垂下头去一两手靠在地上,悲伤地,似乎心都要炸裂了。陶岚慢慢地说:

"不过你为什么不……"她没有说完。

"什么呢?"

萧强笑地。她也强笑:

"你自己想一想罢。"

静寂落在两人之间。许久,萧震颤地说:

"我们始终做一对兄弟罢,这比什么都好。你不相信么?你不相信人间有真的爱么?哈,我还自己不知道要做怎样的一个人,前途开拓在我身前的又是怎样的一种颜色。环境可以改变我,极大的漩涡可以卷我进去。所以,我始终——我也始终愿意你做我底一个弟弟。使我一生不致十分寂寞,错误也可以有人来校正。你以为不是么?"

岚无心地答,"是的,"意思几乎是——不是。

他继续凄凉的说:

"恋爱呢,我实在不愿意说它。结婚呢,我根本还没有想过。岚弟,我不立刻写回信给你,理由就在这里了!"停一息,又说,"而且生命,生命,这是一回什么事呢?在一群朋友底欢聚中,我会感到一己的凄怆,这一种情感我是不该有家庭的。"

陶岚轻轻地答:

"你只可否认家庭,你不能否认爱情。除了爱情,人生还有什么呢?"

"爱情,我是不会否认的。就现在,我岂不是爱着一位小妹妹,也爱着一位大弟弟么?不过我不愿尝出爱情底颜色的另一种滋味罢了。"

她这时身更接近他的娇羞地说:

"不过,萧哥,人终究是人呢!人是有一切人底附属性的。"

他垂下头没有声音。随着两人笑了一笑。

一切温柔都收入在阳光底散射中,两人似都管辖着各人自己底沉思。一息,陶岚又说:

"我希望在你底记忆中永远伴着我底影子。"

"我希望你也一样。"

"我们回去罢?"

萧随即附和答:

"好的。"

一六

萧涧秋回到校内，心非常不舒服。当然，他是受了仇人底极大的侮辱以后。他脸色极青白，中饭吃的很少，引得阿荣问他："萧先生，你身体好么？"他答"好的"。于是萧在房内呆呆地坐着。几乎半点钟。他一动不动，似心与身同时为女子之爱力所僵化了。他不绝地想起陶岚，他底头壳内充满她底爱；她底爱有如无数个小孩子，穿着各种美丽的衣服，在他底头壳内游戏，跳舞。他隐隐地想去寻求他底前途上所遗失的宝物。但有什么呢？他于是看一看身边似乎这时有陶岚底倩影站着，可是他底身边是空虚的。这样又过十分钟，却有四五个年约十三四岁的少年学生走进来。他们开始就问："萧先生，听说你身体不好么？"

"好的，"他答。

"那你为什么上午告假呢？先生们都说你身体不好才告假的。我们到你底窗外来看看，你又没有睡在床上，我们很奇怪。"

一个面貌清秀的学生说。萧微笑地答：

"我也不知道他们为什么缘故要骗你们。我是因为采莲妹妹底小弟弟底病很厉害，我去看了一回。"

接着他就和采莲家里雇用的宣传员一样，把她们家里底贫穷、苦楚以及没人帮助的情形，统说了一遍。学生们个个低头叹息，里面一个说：

"他们为什么要讳言萧先生去救济呢?"

"我实在不知道,"萧答。

另一个学生插嘴道:

"他们妒忌罢?现在的时候,善心的人是有人妒忌的。"

一个在萧旁边的学生却立刻说:

"不是,不是,钱正兴先生岂不是对我们说过?他说萧先生要娶采莲妹妹底母亲?"

那位学生微笑地。萧愁眉问:

"他和你们谈这种话么?"

"是的,他常常同我们说恋爱的事情。他教书教的不好,可是恋爱谈的很好,他每点钟总是上了半课以后,就和我们讲恋爱。他也常常讲到女陶先生,似乎不讲到她,心里就不舒服似的。"

萧涧秋仍旧悲哀地没有说,一个年龄小些的学生急急接上说:

"有什么兴味呢,讲这种话?书本教不完怎样办?他以后若再在讲台上讲恋爱,我和几个朋友一定要起来驱逐他!"

萧微笑地向他看一眼,那位小学生却态度激昂地,红着脸。

可是另一个学生却又向萧笑嘻嘻地问:

"萧先生,你为什么不和女陶先生结婚呢?"

萧淡淡地说:

"你们不要说这种话罢!这是你们所不懂得的。"

而那个学生还说:

"女陶先生是我们一镇的王后,萧先生假如和她结了婚,萧先生就变做我们一镇的皇帝了。"

萧涧秋说:

"我不想做皇帝,我只愿做一个永远的真正的平民。"

而那个学生又说:

"但女陶先生是爱萧先生的。"

陶慕侃却不及提防的推进门来,学生底嘈杂声音立刻静止下去,陶慕侃俨然校长模样地说:

"什么女陶先生男陶先生。哪个叫你们这样说法的?"

可是学生们却一个个微笑地溜出房外去了。

陶慕侃目送学生们去了以后,他就坐在萧涧秋底桌子的对面,说:

"萧,这究竟是怎么一回事?昨天钱正兴向我说,又说你决计要同那位寡妇结婚?"

萧涧秋站了起来,似乎要走开的样子,说:

"老友,不要说这种事情罢。我们何必要将空气弄得酸苦呢?"

陶慕侃灰心地:

"我却被你和我底妹妹弄昏了。"

"并不是我,老友,假如你愿意,我此后决计专心为学校谋福利。我没有别的想念。"

陶慕侃坐了一回,上课铃也就打起来了。

一七

　　阳光底脚跟着了时间移动,照旧过了两天。
　　萧涧秋和一队学生在操场上游戏。这是课外的随意的游戏,一个球从这人底手内传给那人底。他们底笑声是同春三月底阳光一样照耀,鲜明。将到了吃中饭的时候,操场上的人也预备休息下来了。陶岚却突然出现在操场出入口的门边,一位小学生顽皮地叫:
　　"萧先生,女陶先生叫你。"
　　萧涧秋随即将他手内底皮球抛给另一个学生,就汗喘喘地向她跑来。两人没有话,几乎似陶岚领着他,回到他底房内。他随即问:
　　"你已吃过中饭了么?"
　　"没有,我刚从采莲底家里来。"
　　她萎靡地说。一个正洗着脸,又问:
　　"小弟弟怎样呢?"
　　"已经死了。"
　　"死了?"
　　他随将手巾丢在面盆内,惊骇地。
　　"两点钟以前,"陶岚说,"我到她们家里已经是孩子喘着他最后一口气的时候。孩子底喉咙已胀塞住,眼睛不会看他母亲了。他底母亲只有哭,采莲也在旁边哭,就在这哭声中,送去了一个可爱的孩子底灵魂!我执着他底手,急想设法;可是法子没有想好，我觉得孩子底手冷去了，变青了！天呀，我是紧紧地执住他底手，好像这样执住，他才不致去了似的；谁知他灵魂之手，谁有力量不使他蜕化呢？他死了！造化是没有眼睛的，否则，见到妇人如此悲伤的情形，会不动他底心么？妇人发狂一般地哭，她抱着孩子底死尸，伏在床上，哭的昏去，以后两位邻舍来，扶住她，劝着，她又哪里能停止呢？孩子是永远睡去了！唉，小生命永远安息了！他丢开了他母亲与姊姊底爱，永远平安了！他母亲底号哭哪里能唤得他回来呢？他又哪里会知道他母亲是如此悲伤呢？"

陶岚泪珠莹莹地停了一息。这时学校摇着吃中饭的铃，她喘一口气说：

"你吃饭去罢。"

他站着一动不动地说：

"停一停，此刻不想吃。"

两人听铃摇完，学生们底脚步声音陆续地向餐厅走进，静寂一忽，萧说：

"现在她们怎样呢？"

陶岚一时不答，用手巾拭了一拭眼，更走近他一步，胆怯一般，慢慢说：

"妇人足足哭了半点钟，于是我们将昏昏的她放在床上，我又牵着采莲，一边托他们一位邻舍，去买一口小棺，又托一位去叫埋葬的人来。采莲底母亲向我说，她已经哭的没有力气了，她说：

"'不要葬了他罢，放他在我底身边罢！他不能活着在他

底家里，我也要他死着在家里呢！'

"我没有听她底话，向她劝解了几句。劝解是没有用的，我就任自己底意思做。将孩子再穿上一通新衣服，其实并不怎样新，不过有几朵花，没有破就是，我再寻不出较好的衣服来。孩子是满想来穿新衣服的。像他这样没有一件好看的新衣服，孩子当然要去了，以后我又给他戴上一顶帽子。孩子整齐地，工人和小棺都来了。妇人在床上叫喊：'在家里多放几天罢，在家里多放几天罢！'我们也没有听她，于是孩子就被两位工人抬去了。采莲，这位可爱的小妹妹，含泪问我：'弟弟到哪里去呢？'我答：'到极乐园去了！'她又说：'我也要到极乐园去。'我用嘴向她一努，说：'说不得的。'小妹妹又恍然苦笑地问：

"'弟弟不再回来了么？'

"我吻着她底脸上说.

"'会回来的，你想着他的时候。夜里你睡去以后，他也会来和你相见。'

"她又问：

"'梦里弟弟会说话么？'

"'会说的，只要你和他说。'

"于是她跑到她母亲底跟前，向她母亲推着叫：

"'妈妈，弟弟梦里会来的。日里不见他，夜里会来的。陶姊姊说的，你不要哭呀。'

"可是她母亲这时非常旷达似地向我说，叫我走，她已经不悲伤了，悲伤也无益。我就到这里来。"

两人沉默一息，陶岚又说：

"事实发生的太悲惨了！这位可怜的妇人，她也有几餐没有吃饭，失去了她底肉，消瘦的不成样子。女孩虽跟在她旁边，终究不能安慰她。"

萧涧秋徐徐地说：

"我去走一趟，将女孩带到校里来。"

"此刻无用去，女孩一时也不愿离开她母亲的。"

"家里只有她们母女两人么？"

"邻舍都走了，我空空地坐也坐不住。"

一息。她又低头说：

"实在凄凉，悲伤，叫那位妇人怎么活得下去呢？"

萧涧秋呆呆地不动说：

"转嫁，只好劝她转嫁。"

一时又心绪繁乱地在房内走一圈，沉闷地继续说：

"转嫁，我想你总要负这点责任，找一个动听的理由告诉她。我呢，我不想到她们家里去了。我再没有帮助她的法子；我帮助的法子，都失去了力量。我不想再到她们家里去了。女孩请你去带她到校里来。"

陶岚轻轻地说：

"我想劝她先到我们家里住几天。这个死孩的印象，在她这个环境内更容易引起悲感来的。以后再慢慢代她想法子。孩子刚刚死了就劝她转嫁，在我说不出口，在她也听不进去的。"

他向她看一看，似看他自己镜内的影子，强笑说：

"那很好。"

两人又无言地，各人深思着。学生们吃好饭，脚步声在他们的门外陆续地走来走去。房内许久没有声音。采莲，这位不幸的女孩，却含着泪背着书包，慢慢地向他们底门推进去，出现在他俩底前面。萧涧秋骇异地问：

"采莲，你还来读书么？"

"妈妈一定要我来。"

说着，就咽咽的哭起来。

他们两人又互相看一看，觉得事情非常奇怪。他愁着眉，又问：

"妈妈对你说什么话呢？"

女孩还是哭着说：

"妈妈叫我来读书，妈妈叫我跟萧伯伯好了！"

"你妈妈此刻在做什么呢？"

"睡着。"

"哭么？"

"不哭，妈妈说她会看见弟弟的，她会去找弟弟回来。"

萧涧秋心跳地向陶岚问：

"她似有自杀的想念？"

陶岚也泪涔涔地答：

"一定会有的。如我处在她这个境遇里，我便要自杀了。不过她能丢掉采莲么？"

"采莲是女孩子，在这男统的宗法社会里，女孩子不算得什么。况且她以为我或能收去这个孤女。"

同时他向采莲一看，采莲随拭泪说：

"萧伯伯,我不要读书,我要回家去。妈妈自己会不见掉的。"

萧涧秋随又向陶岚说:

"我们同女孩回去罢。我也只好鼓舞自己底勇气再到她们底家里去走一遭。看看那位运命被狼咀嚼着的妇人底行动,也问问她底心愿。你能去邀她到你家里住几天,是最好的了。我们同孩子走罢。"

"我不去,"陶岚摇摇头说,"我此刻不去。你去,我过一点钟再来。"

"为什么呢?"

"不必我们两人同时去。"

萧明白了。又向她仔细看了一看,听她说:

"你不吃点东西么?我肚子也饿了。"

"我不饿,"他急忙答,"采莲,我们走。"

一边就牵着女孩底手,跑出来。陶岚跟在后面,看他们两个影子向西村去的路上消逝了。她转到她底家里。

一八

妇人在房内整理旧东西。她将孩子所穿过的破小衣服丢在一旁。又将采莲底衣服折叠在桌上,一件一件地。她似乎要将孩子底一切,连踪迹也没有地挪到河里去,再将采莲底运命裹起来。如此,似悲伤可以灭绝了,而幸福就展开五彩之翅在她眼前翱翔。她没有哭,她底眼内是干燥的,连一丝隐闪的滋润的泪光也没有。她毫无精神地整理着,一时又沉入呆思,幻化她一步步要逼近来的时日:

——男孩是死了!只剩得一个女孩。——
——女孩算得什么呢?于是便空虚了!——
——没有一分产业,没有一分积蓄,——
——还得要人来帮忙,不成了!——
——一个男子像他一样,不成了!——
——我毁坏了他底名誉,以前是如此的,——
——为的忠贞于丈夫,也忍住她底苦痛,——
——他可以有幸福的,他可以有……——
——于是我底路……便完了!——

女孩轻轻地先进门,站在她母亲底身前,她也不知觉。女孩叫一声:"妈妈!"女孩含泪的。

"你没有去么?我叫你读书去!"

妇人愁结着眉,十分无力地发怒。

"萧伯伯带我来的。"

妇人仰头一望,萧涧秋站在门边,妇人随即低下头去,没有说。

他远远地站着说了一句,似想了许久才想出来的:

"过去了的事情都过去了。"

妇人好像没有听懂,也不说。

萧一时非常急迫,他眼钉住看这妇人,他只从她脸上看出憔悴悲伤,他没有看出她别底。他继续说:

"不必想，要想的是以后怎么样。"

于是她抬头缓缓答：

"先生，我正在想以后怎么样呢！"

"是。你应该……"

一边他走近拢去。她说，声音轻到几乎听不见：

"应该这样。"

一个又转了极弱极和婉的口声，向她发问：

"那末你打算怎样呢？"

她底声音还是和以前一样轻地答：

"于是我底路……便完了！"

他更走近，两手放在女孩底两肩上，说：

"说重一点罢，你怕想错了。"

这时妇人止不住涌流出泪，半哭地说，提高声音：

"先生！我总感谢你底恩惠！我活着一分钟，就记得你一分钟。但这一世我用什么来报答你呢？我只有等待下世，变做一只牛马来报答你罢！"

"你为什么要说像这样陈腐的话呢？"

"从心深处说出来的。以前我满望孩子长大了来报答你底恩，亲生孩子死去了，我底方法也完了！"一边拭着泪，又忍止住她底哭。

"还有采莲在。"

"采莲……"她向女孩子看一看，"你能收受她去做你底丫头么？"

萧涧秋稍稍似怒地说：

"你们妇人真想不明白,愚蠢极了!一个不满三周的小孩,死了,就死了,算得什么?你想,他底父亲二十七八岁了,尚且给一炮打死!似这样小的小孩,心痛他做什么?"

"先生,叫我怎样活得下去呢?"

他却向房内走了一圈,忍止不住地说出:

"转嫁!我劝你转嫁。"

妇人却突然跳起来,似乎她从来没有听到过妇人是可以有这一个念头的。她迟疑地似无声地问:

"转嫁?"

他吞吐地,一息坐下,一息又站起:

"我以为这样办好。做一个人来吃几十年的苦有什么意思?还是择一位相当的你所喜欢的人……"

他终于说不全话,他反感到他自己说错了话了。对于这样贞洁的妇人的面,一边疑惑地转过头向壁上自己暗想:

"天呀,她会不会疑心我要娶她呢?"

妇人果然似触电一般,心急跳着,气促地,两眼钉在他底身上看,一时断续地说:

"你,你,你是我底恩人,你底恩和天一样大,我,我是报答不尽的。没有你,我们三人早已死了,这个短命的冤家,也不会到今天才死。"

他却要引开观念的又说:

"我们做人,可以活,总要忍着苦痛,设法活下去。"

妇人正经地说:

"死了也算完结呢!"

萧涧秋摇摇头说：

"你完全乱想，你一点不顾到你底采莲么？"

采莲却只有谁说话，就看着谁。在她母亲与先生之间，呆呆的。妇人这时将她抱去，一面说：

"你对我们太有心了，先生，我们愿做你一世的佣人。"

"什么？"

萧吃惊地。她说：

"我愿我底女孩，跟你做一世的佣人。"

"这是什么意思？"

"你能收我们去做仆役，恩人？"

她似乎要跪倒的样子，流着泪。他实在看得非常动情，悲伤。他似乎操着这位不幸的妇人底生死之权在他手里，他极力镇定他自己，强笑说，

"以后再商量。我当极力帮助你们，是我所能做到的事。"

一边他心里辗辗地想：

"假如我要娶妻，我就娶去这位妇人罢。"

同时他看这位妇人。不知她起一个什么想念和反动，脸孔变得更青；又见她两眼模糊地，她晕倒在地上了。

采莲立刻在她母亲底身边叫，"妈妈！妈妈！"她母亲没有答应，她便哭了。萧涧秋却非常急忙地跑到她底前面，用两手执着她底两臂，又摇着她底头，口里问，"怎样？怎样？"妇人底喉尚有些哼哼的。他又用手摸一摸她底额，额冰冷，汗珠出来。于是他扶着她底颈，几乎将她抱起来，扶她到了床上，给她睡着。口里又问，夹并着愁与急的：

"怎样？你觉得怎样？"

"好了，好了，没有什么了。"

妇人低微着喘气，轻弱地答。用手擦着眼，似睡去一回一样。女孩在床边含泪地叫：

"妈妈！妈妈！"

妇人又说，无力地：

"采莲呀，我没有什么，你不用慌。"

她将女孩底脸拉去，偎在她自己底脸上，继续喘气地说：

"你不用慌，你妈妈是没有什么的。"

萧涧秋站在床边，简直进退维谷的样子，低着头，似想不出什么方法。一时又听妇人说，声音是颤抖如弦的：

"采莲呀，万一你妈妈又怎样，你就跟萧伯伯去好了。萧伯伯对你的好和你亲生的伯伯一样的。"

于是青年忧愁地问：

"你为什么又要说这话呢？"

"我觉得我自己底身体这几天来坏极！"

"你过于悲伤了，你过于疲倦了！"

"先生，孩子一病，我就没有咽下一口饭；孩子一死，我更咽不下一口水了！"

"不对的，不对的，你底思想太卑狭。"

妇人没有说，沉沉地睡在床上。一时又睁开眼向他看一看。他问：

"现在觉得怎样！"

"好了。"

"方才你想到什么么？"

她迟疑一息，答：

"没有想什么。"

"那末你完全因为太悲伤而疲倦的缘故。"

妇人又没有说，还是睁着眼看他。他呆站一息，又强笑用手按一按她底额上，这时稍稍有些温，可是还有冷汗。又按了一按她底脉搏，觉得她底脉搏缓弱到几乎没有。他只得说：

"你应当吃点东西下去才好。"

"不想吃。"

"这是不对的，你要饿死你自己么？"

她也强笑一笑。青年继续说：

"你要信任我才好，假如你自己以为我对你都是好意的话，人总有一回死，这样幼小的孩子，又算得什么？而且每个母亲总要死了她一个儿子，假如是做母亲的人，因为死了一个孩子，就自己应该挨饿几十天，那末天下的母亲一个也没有剩了。人底全部生命就是和运命苦斗，我们应当战胜运命，到生命最后的一秒不能动弹为止。你应当听我底话才好。"

她似懂非懂地苦笑一笑，轻轻说：

"先生请回去罢，你底事是很忙的。我想明白了，我照先生底话做。"

萧涧秋还是执着妇人底枯枝似的手。房内沉寂地，门却忽然又开了，出现一位女子。他随将她底手放回，转脸迎她。女孩也从她母亲怀里起来。

一九

陶岚先生走近他底身前问:
"你还没有去么?"
他答:
"因她方才一时又晕去,所以我还在。"
她转头问她,一边也按着她底方才被萧涧秋捻过的手。
"怎样呢,现在?"
妇人似用力勉强答:
"好了,我请萧先生回校去。萧先生怕也还没有吃过中饭。"
"不要紧,"他说,"我想喝茶。方才她晕去的时候,我找不到一杯热的水,"
"让我来烧罢。"陶岚说,"还有采莲也没有吃中饭么?已经三点钟了。"
"可怜这小孩子也跟在旁边挨饿。"
陶岚却没有说,就走到灶间。倒水在一只壶里,折断生刺的柴枝烧它。她似乎想水快一些沸,就用很多的柴塞在灶内,可是柴枝还青,不容易着火,弄得满屋子是烟,她底眼也滚出泪来。妇人在床上向采莲说:
"你去烧一烧罢,怎么要陶先生烧呢?"
女孩跑到炉子的旁边,水也就沸了。又寻出几乎是茶梗的茶叶来,泡了两杯茶,端到他们底面前。

这样，房内似换了一种情景，好像他们各人底未来的人生问题，必须在这一小时内决定似的。女孩偎依在陶岚底身边，眼睁视着她母亲底脸上，好像她已不是她底母亲了，她底母亲已同她底弟弟同时死去了！而不幸的青年寡妇，似上帝命她来尝尽人间底苦汁的人，这时倒苦笑地，自然地，用她沉静的目光向坐在她床边的陶岚看了一回，又看一回；再向站在窗边垂头看地板的萧涧秋望了几望。她似乎要将他俩底全个身体与生命，剖解开来又联接拢去。似乎她看他俩底衣缘上，钮扣边，统统闪烁着光辉，出没着幸福。女孩在他们中间，也会有地位，有愿望地成长起来，于是她强笑了。严肃的悲惨的空气，过了约一刻钟。陶岚说：

"我想请你到我底家里去住几天。你现在处处看见都是伤心的，损坏了你底身体，又有什么用呢？况且小妹妹跟在你底身边也太苦，跟你流泪，跟你挨饿，弄坏小妹妹底身子也不忍，还是到我家里去住几天，关锁起这里的门来。"

她婉转低声地说到这里，妇人接着说：

"谢谢你，我真不知怎样报答你们底善意。现在我已经不想到过去了，我只想怎样才可算是真正的报答你们底恩。"

稍停一息，对采莲说：

"采莲，你跟萧伯伯去罢！跟陶先生去罢！家里这几天没有人烧饭给你吃。我自己是一些东西也不想吃了。"

采莲仰头向陶岚瞧一瞧，同时陶岚也向她一微笑，更搂紧她，没有其他的表示。一息，陶岚又严肃地问：

"你要饿死你自己么？"

"我一时是死不了的。"

"那末到我家里去住几天罢。"

妇人想了一想说：

"走也走不动，两腿醋一般酸。"

"叫人来抬你去。"

陶岚又和王后一般的口气。妇人答：

"不要，谢谢你，儿子刚死了，就逃到人家底家里去，也说不过去。过几天再商量罢。我身子也疲倦。让我睡几天。"

他们没有说。一息，她继续说：

"请你们回去罢！"

萧涧秋向窗外望了一望天色，向采莲说：

"小妹妹，你跟我去罢。"

女孩走到他底身边。他向她们说：

"我两人先走了。"

"等一等，"陶岚接着说。

于是女孩问：

"妈妈也去么？"

妇人却哽咽地说不出"我不去"三个字，只摇一摇头。岚催促地说：

"你同去罢。"

"不，你们去，让我独自睡一天。"

"妈妈不去么？"

"你跟陶先生去，明天再来看你底妈妈。"

他们没有办法，低着头走出房外。他们一时没有说话，离了西村，陶岚说：

"留着那位妇人，我不放心。"

"有什么方法？"

"你以为任她独自不要紧么？"

"我想不出救她的法子。"

他底语气凄凉而整密的。一个急促地：

"明天一早，我要去叫她。"

这样，女孩跟陶岚到了陶家。陶岚先拿了饼干给她吃。萧涧秋独自回到校内。

他愈想那位妇人，觉得危险愈逼近她。他自己非常地不安，好像一切祸患都从他身上出发一样。

他并不吃东西，肚子也不饿。关着房门足足在房内坐了一点钟。黄昏到了，阿荣来给他点上油灯。他就在灯下很快地写这几行信：

> 亲爱的岚！我不知怎样，好像生平所有底烦恼都集中在此时之一刻！我简直似一个杀人犯一样——我杀了人，不久还将被人去杀！
>
> 那位可怜的妇人，在三天之内，我当用正当的根本的方法救济她。我为了这事，我萦迴，思想，考虑：岚，假如最后我仍没有第二条好法子的时候——我决计娶了那位寡妇来，你大概也听得欢喜的，因为对于她，你和我都同样的思想。
>
> 过了明天，我想亲自去对她说明。岚弟，事实恐非这样不可了，但事实对于我们也处置的适宜的，你

不要误会了。

　　写不出别的话,愿幸福与光荣降落于我们三人之间。

　　祝君善自珍爱!

萧涧秋上

他急忙将信封好。就差阿荣送去。自己仍兀自坐在房内,苦笑起来。

不上半点钟,一位小学生就送她底回信来了。那位小学生跑得气喘地向萧涧秋说:

"萧先生,萧先生,陶先生请你最好到她底家里去一趟。采莲妹妹也不时要哭,哭着叫回到家里去。"

"好的,"萧向他点一点头。

学生去了。回信是这么写的:

　　萧先生!你的决定简直是一个霹雳,打的使我发抖。你非如此做不可么?你就如此做罢!

可惊的岚

萧涧秋将信读了好几遍,简直已经读出陶岚写这信时的一种幽怨状态,但他还是两眼不转移地注视着她底秀劲潦草的笔迹上,要推敲到她心之极远处一样。

将近七时,他披上一件大衣,用没精打采的脚步走向陶岚底家里。

采莲吃好夜饭就睡着了,小女孩似倦怠的不堪。他们两人一见简直没有话,各人都用苦笑来表示心里底烦闷。几乎过去半小时,陶岚问:

"我知道你,你非这样做不可么?"
"我想不出比这更好的方法来。"
"你爱她么?"
萧涧秋慢慢地:
"爱她的。"
陶岚冷酷地讥笑地做脸说:
"你一定要回答我——假如我要自杀,你又怎样?"
"你为什么要说这话?"
他走上前一步。
"请你回答我。"
她还是那么冷淡地。他情急地说:"莫非上帝叫我们几人都非死不可么?"

沉寂一息,陶岚冷笑一声说:
"我知道你不相信自杀。就是我,我也偏要一个人活下去,活下去;孤独地活到八十岁,还要活下去!等待自然的死神降临,它给我安葬,它给我痛哭——一个孤独活了几十年的老婆婆,到此才会完结了!"一边她眼内含上泪,"在我底四周知道我心的人,只有一个你;现在你又不是我底哥哥了,我从此更成孤独。孤独也好,我也适宜于孤独的,以后天涯地角我当任意去游行。一个女子不好游行的么?那我剃了头发,扮做尼姑。我是不相信菩萨的,可是必要的时候,我会扮作尼姑。"

萧涧秋简直恍恍惚惚地一垂头说:
"你为什么要说这话呢?"
"我想说,就说了。"

"为什么要有这种思想呢?"

"我觉得自己孤单。"

"不是的,在你的前路,绚耀着五彩的理想。至于我,我底肩膀上是没有美丽的羽翼的。岚,你不要想错了。"

一个丧气地向他看一看,说:

"萧哥,你是对的,你回去罢。"

同时她又执住他底手,好似又不肯放他走。一息,放下了,又背转过脸说:

"你回去,你爱她罢。"

他简直没有话,昏昏地向房外退出去。他站在她底大门外,大地漆黑地。他一时不知道要投向哪里去,似无路可走的样子。仰头看一看天上的大熊星,好像大熊星在发怒道:

"人类是节外生枝,枝外又生节的——永远弄不清楚。"

二〇

他回到校里,看见一队教师聚集在会客室内谈话。他们很起劲地说,又跟着高声地笑,好像他们都是些无牵挂的自由人。他为的要解除他自己底忧念,就向他们走近去。可是他们仍旧谈笑自若,而他总说不出一句话,好像他们是一桶水,他自己是一滴油,终究溶化不拢去。没有一息,陶慕侃跟着进来。他似来找萧涧秋的,可是他却非常不满意地向大众说起话来:

"事情是非常稀奇的,可是我终在闷葫芦里,莫名其妙。萧先生是讲独身主义的,听说现在要结婚了。我底妹妹是讲恋爱的,今夜却突然要讲独身主义了!萧,到底是怎么一回事?"

大家立时静止下来,头一齐转向萧,他微笑地答:

"我自己也不知道到底是怎么一回事。"

方谋立刻就向慕侃回:

"那末萧先生要同谁结婚呢!"

慕侃答:

"你问萧自己罢。"

于是方谋立刻又问萧,箫说:

"请你去问将来罢。"

教师们一笑,哗然说:

"回答的话真巧妙,使人坠在五里雾中。"

慕侃接着说,慨叹地:

"所以,我做大阿哥的人,也给他们弄得莫名其妙了。我此刻回到家里,妹妹正在哭。我问母亲什么事,母亲说——你妹妹从此要不嫁人了。我又问,母亲说,因为萧先生要结婚,这岂不是奇怪么?萧先生要结婚而妹妹偏不嫁,这究竟为什么呢?"

萧涧秋就接着说:

"无用奇怪,未来自然会告诉你的。至于现在,我自己也不甚清楚。"

说着,他站了起来似乎要走,各人一时默然。慕侃慢慢地又说:

"老友，我看你近来的态度太急促，像这样的办事要失败的。这是我妹妹的脾气，你为什么学她呢？"

萧涧秋在室内走来走去，一边强笑答：

"不过我是知道要失败才去做的。不是希望失败，是大概要失败。你相信么？"

"全不懂，全不懂。"

慕侃摇了摇头。

正是这个时候，各人底疑团都聚集在各人底心内，推究着芙蓉镇里底奇闻。有一位陌生的老妇却从外边叫进来，阿荣领着她来找萧先生。萧涧秋立刻跑向前去，知道她就是前次在船上叙述采莲底父亲底故事那人。一边奇怪地向她问道：

"什么事？"

那位老妇只是战抖，简直吓的说不出话。一时，她似向室内底人们看遍了。她叫道：

"先生，采莲在哪里呢？她底妈妈吊死了！"

"什么？"

萧大惊地。老妇气喘地说：

"我，我方才想到她两天来没有吃东西，于是烧了一碗粥送过去。我因为收拾好家里的事才送去，所以迟一点。谁知推不进她底门，我叫采莲，里面也没有人答应。我慌了，俯在板缝上向里一瞧，唉！天呀，她竟高高吊着！我当时跌落粥碗，粥撒满一地，我立刻跑到门外喊救命。来了四五个男人，敲破进门，将她放下来，唉！气已断了！心头冰冷，脸孔发青，舌吐出来，模样极可怕，不能救了！现在，先生，请你去商量一下，她没有一个亲戚，怎样预备她底后事。"老妇人又向四周一看，问：

"采莲在哪里呢？也叫她去哭她母亲几声。"

老妇人慌慌张张地，似又悲又怕。教师们也个个听得发呆。萧涧秋说：

"不要叫女孩，我去罢。"

他好似还可救活她一般地急走。陶慕侃与方谋等三四位教师们也跟去，似要去看看死人底可怕的脸。

他们一路没有说话，只是踢踢踏踏的脚步声，向西村急快地移动。田野是静寂地，黑暗地，猫头鹰底尖利鸣声从远处传来。在这时的各教师们底心内谁都感觉出寡妇的凄惨与可怜来。

四五位男人绕住寡妇底尸。他们走上前去。尸睡在床上，萧涧秋几乎口里喊出"不幸的妇人呀！"一句话来。而他静静地站住，流出一两滴泪。他看妇人底脸，紧结着眉，愁思万种地。他就用一张棉被将她从发到脚跟盖上了。邻舍的男人们都退到门边去。就商量起明天出葬的事情来。一边，雇了两位胆大些的女工，当晚守望她底尸首。

于是人们从种种的议论中退到静寂底后面。

第二天一早，陶岚跑进校里来，萧涧秋还睡在床上，她进去。

"究竟是怎么一回事？"

陶岚问，含起泪珠。

"事情竟和悲剧一般地演出来……女孩呢？"

"她还不知道,叫着要到她妈妈那里去,我想带她去见一见她母亲底最后的面。"

"随你办罢,我起来。"

陶岚立刻回去。

萧涧秋告了一天假,进行着妇人的丧事。他几乎似一位丈夫模样,除了他并不是怎样哭。

坟做在山边,石灰涂好之后,他就回到里来。这已是下午五时,陶慕侃,陶岚,她搂着采莲,皆在。他们,一时没有说,女孩哭着问:

"萧伯伯,妈妈会醒回来么?"

"好孩子,不会醒回来了!"

女孩又哭:

"我要妈妈那里去,我要妈妈那里去!"

陶岚向她说,一边拍她底发,亲昵的,流泪的:

"会醒回来的,会醒回来的。过几天就会醒回来。"

女孩又哽咽地静下去。萧涧秋低低地说:

"我带她到她妈妈墓边去坐一回罢。也使她记得一些她妈妈之死的印象,说明一些死的意义。"

"时候晚了,她也不会懂得什么的。就是我哥哥也不懂得这位妇人底自杀的意义。不要带小妹妹去。"

陶岚说了,她哥哥笑一笑没有说,忠厚的。

学校底厨房又摇铃催学生去吃晚饭。陶岚也就站起身来想带采莲回到家里去,她底哥哥说:

"密司脱萧,你这几天也过得太苦闷了!你好似并不是到芙蓉镇来教书,是到芙蓉镇来讨苦吃的。今晚到敝舍去喝一杯酒罢,消解消解你底苦闷。以后的日子,总是你快乐的日子。"

萧涧秋没有答可否。接着陶岚说:

"那末去罢,到我家里去罢。我也想回家去喝一点酒,我底胸腔也塞满了块垒。"

"我不想去。我简直将学生底练习簿子堆积满书架。我想今夜把它们改正好。"

陶慕侃说,他站起来,去牵了他朋友底袖子:

"不要太性急,学生们都相信你,不会哄走你的。"

他底妹妹又说:

"萧先生,我想和你比一比酒量。看今夜谁喝的多,谁底胸中苦闷大。"

"我却不愿获得所谓苦闷呢!"

一下子,他们就从房内走出来。

随着傍晚底朦胧的颜色,他们到了陶家。晚餐不久就布置起来。在萧涧秋底心里,这一次是缺少从前所有的自然和乐意,似乎这一次晚餐是可纪念的。

事实,他也喝下许多酒,当慕侃斟给他,他在微笑中并不推辞。陶岚微笑地看着他喝下去。他们也说话,说的都是些无关系的学校里底事。这样半点钟,从门外走进三四位教师来,方谋也在内。他们也不快乐地说话,一位说:

"我们没有吃饱饭,想加入你们喝一杯酒。"

"好的,好的。"

校长急忙答。于是陶岚因吃完便让开座位。他们就来挤满

一桌。方谋喝过一口酒以后,就好像喝醉似地说起来:

"芙蓉镇又有半个月可以热闹了。采莲底母亲的猝然自杀,竟使个个人听得骇然!唉!真可算是一件新闻,拿到报纸上面去揭载的。母亲殉儿子,母亲殉儿子!"

陶慕侃说:

"真是一位好妇人,实在使她活不下去了,太悲惨,可怜!"

另一位教师说:

"她底自杀已传遍芙蓉镇了。我们从街上来,没有一家不是在谈论这个问题。他们有的叹息,有的流泪,谁都说她应当照烈妇论。也有人打听着采莲的下落。萧先生,你在我们一镇内,名望大极了,无论老人,妇女,都想见一见你,以后我们学校的参观者,一定络绎不绝了!"

方谋说:

"萧先生实在可以佩服,不过枉费心思。"

萧涧秋突然向他问:

"为什么呢!"

"你如此煞费苦心地去救济她们,她们本来在下雪的那几天就要冻死的,幸你毅然去救济她们。现在结果,孩子死了,妇人死了,岂不是……"

方谋没有说完,萧涧秋就似怒地问:

"莫非我的救济她们,为的是将来想得到报酬么!"

一个急忙改口说:

"不是为的报酬,因为这样不及意料地死去,是你当初所想不到的。"

萧冷冷地带酒意的说：

"死了就算了！我当初也并没有想过孩子一定会长大，妇人一定守着孩子到老的。于是儿子是中国一位出色的有名的人物，母亲因此也荣耀起来，对她儿子说：'儿呀，你还没有报过恩呢！'于是儿子就将我请去，给我供养起来。哈哈，我并没有这样想过。"

陶岚在旁笑了一笑。方谋红起脸，吃吃地说：

"你不要误会，我是完全对你敬佩的话。以前镇内许多人也误会你，因你常到妇人底家里去。现在，我知道他们都释然了！"

"又为什么呢？"萧问。

方谋停止一息，终于止不住，说出来：

"他们想，假如寡妇与你恋爱，那孩子死了，正是一个机缘，她又为什么要自杀？可见你与死了的妇人是完全坦白的。"

萧涧秋底心胸，突然非常涌塞的样子。他举起一杯酒喝空了以后，徐徐说：

"群众底心，群众底口……"

他没有说下去，眼睛转瞧着陶岚，陶岚默然低下头去。采莲吃过饭依在她底怀前。一时，女孩凄凉地说：

"我底妈妈呢？"

陶岚轻轻对她说：

"听，听，听先生们说笑话。假如你要睡，告诉我，我领你睡去。"

女孩又说：

"我要回到家里去睡。"

"家里只有你一个人了！"

"一个人也要去。"

陶岚含泪的，用头凑到女孩底耳边，"小妹妹，这里的床多好呀，是花的；这里的被儿多好呀，是红的；陶姊姊爱你，你在这里。"

女孩又默默的。

他们吃起饭来，方谋等告退回去，说学校要上夜课了。

二一

当晚八点钟，萧涧秋微醉地坐在她们底书室内，心思非常地缭乱。女孩已经睡了，他还想着女孩——不知这个无父无母的穷孩子，如何给她一个安排。又想他底自己——他也是从无父无母底艰难中长大起来，和女孩似乎同一种颜色的运命。他永远想带她在身边，算作自己底女儿般，爱她。但芙蓉镇里底含毒的声音，他没有力量听下去；教书，也难于遂心使他干下去了。他觉得他自己底前途是茫然！而且各种变故都从这茫然之中跌下来，使他不及回避，忍压不住。可是他却想从"这"茫然跳出去，踏到"那"还不可知的茫然里。处处是夜的颜色；因为夜的颜色就幻出各种可怕的魔脸来。他终想镇定他自己，从黑林底这边跑到那边，涉过没漆的在他脚上急流过去的河水。他愿意这样去,这样地再去探求那另一种的颜色。这时他两手支着两颊,两颊燃烧的,心脏搏跳着。陶岚走进来,无心地站在他底身边。一个也烦恼地,静默一息之后,强笑地问他:

"你又想着什么呢?"

"明天告诉你。"

她仰起头似望窗外底漆黑的天空,一边说:

"我不一定要知道。"

一个也仰头看着她底下巴,强笑说:

"那末我们等待事实罢。"

"你又要怎样?"

陶岚当时又很快地说,而且垂下头,四条目光对视着。萧说:

"还不曾一定要怎样。"

"哈,"她又慢慢地转过头笑起来,"你怎么也爱做一位辗转多思的。不要去想她罢,过去已经给我们告了一个段落了!虽则事实发生的太悲惨,可是悲剧非要如此结局不可的。不关我们底事。以后是我们底日子,我们去找寻一些光明。"她又转换了一种语气说,"不要讲这些无聊的话,我想请你奏钢琴,我好久没有见你奏了。此刻请你奏一回,怎样?"

他笑迷迷地答她:

"假如你愿意的话,我可以奏,恐怕奏的不能和以前一样了。"

"我听好了。"

于是萧涧秋就走到钢琴的旁边。他开始想弹一阕古典的曲,来表示一下这场悲惨的故事。但故事与曲还是联结不起来,况且他也不能记住一首全部的叙事的歌。他在琴边呆呆地。一个问他:

"为什么还不奏?又想什么?"

他并不转过头说:

"请你点一歌给我奏罢。"

她想了一想,说:

"《我心在高原》好么!"

萧没有答,就翻开谱奏他深情的歌:歌是 Burns 作的。

  我心在高原,
  离此若干里;
  我心在高原,
  追赶鹿与麋。
  追赶鹿与麋,
  中心长不移。

  别了高原月,
  别了朔北风,
  故乡何美勇,
  祖国何强雄。
  到处我漂流,
  漫游任我意,
  高原之群峰,

永远心相爱。

别了高峻山,
山上雪皓皓;
别了深湛涧,
涧下多芳草;
再别你森林,
森林低头愁;
还别湍流溪,
溪声自今古。

我心在高原,
离此若干里。
…………

他弹了三节就突然停止下来,陶岚奇怪地问;
"为什么不将四节弹完呢?"
"这首诗不好,不想弹了。"
"那末再弹什么呢?"
"简直没有东西。"
"你自己有制作么?"
"没有。"
"《Home, Sweet Home》,我唱。"
"也不好。"
"那末什么呢?"

"想一想什么丧葬曲。"

"我不喜欢。"

萧涧秋从琴边离开。陶岚问:

"不弹了么?"

"还弹什么呢?"

"好哥哥!"她小姑娘般撒娇起来,她看得他太忧郁了,"请你再弹一个,快乐一些的,活泼一些的。"

一个却纯正地说:

"艺术不能用拿来敷衍用的。我们还是真正的谈几句话罢。"

"你又想说什么呢?"

"告诉你。"

"不必等到明天了么?"

陶岚笑谑地。萧涧秋微怒地局促地说:

"不说了似觉不舒服的。"

陶岚快乐地将两手执住他两手,叫起来:

"那末请你快说罢。"

一个却将两手抽去伴在背后,低低地说:

"我这里住不下去了!"

"什么呀?"

陶岚大惊地,在灯光之前,换白了她底脸色。萧说,没精打采地:

"我想向你哥哥辞职,你哥哥也总只得允许。因为这不是我自己心愿的事,我底本心,是想在这里多住几年的,可是现在不能，使我不能。人人底目光看住我，变故压得我喘不出气。这二天来，我有似在黑夜的山冈上寻路一样，一刻钟，都难于挨过去！现在，为了你和我自己的缘故，我想离开这里。"

房内沉寂一忽，他接着说：

"我想明后天就要收拾走了。总之，住不下去。"

陶岚却含泪地说：

"没有理由，没有理由。"

萧强笑地说，"你底没有理由是没有理由的。"

"我想，不会有人说那位寡妇是你谋害了的。"

房内底空气，突然紧张起来，陶岚似盛怒地，泪不住地流，又给帕拭了。他却站着没有动。她激昂地说：

"你完全想错了，你要将你自己底身来赎个个人底罪么！你以为人生是不必挽救快乐的么？"

"平静一些罢，岚弟！"

这时她却将桌上一条玻璃，压书用的，拿来骨的一声折断。同时气急地说：

"错误的。你非取消成见不可！"

一个却笑了一笑，陶岚仰头问：

"你要做一位顽固的人么？"

"我觉得没有在这里住下去的可能了。"

萧涧秋非常气弱的。陶岚几乎发狂地说：

"有的，有的，理由就在我。"

同时她头向桌上卧倒下去。他说：

"假如你一定要我在这里的时候……我是先向你辞职的。"

"能够取消你底意见么？"

"那末明天再商量，怎样？事情要细细分析开来看的，你实在过用你底神经质，使我没有申辩的馀地。"

"你是神经过敏，你底思想是错误的！"

他聚起眉头，走了两步，非常不安地说：

"那末等明天再来告诉我们到底要怎样做。此刻我要回校去了。"

陶岚和平起来说：

"再谈一谈。我还想给你一个参考。"

萧涧秋走近她，几乎脸对脸：

"你瞧我底脸，你摸我底颊，我心非常难受。"

陶岚用两手放在他底两颊上，深沉地问："又怎样？"

"太疲乏的缘故罢。"

"睡在这里好么？"

"让我回去。"

"头晕么？"

"不，请你明天上午早些到校里来。"

"好的。"

陶岚点点头，左右不住地顾盼，深思的。

这时慕侃正从外边走进来，提着灯光，向萧说：

"你底脸还有红红的酒兴呢。"

"哥哥，萧先生说心里有些不舒服。"

"这几天太奔波了，你真是一个忠心的人。还是睡在这里罢。"

"不，赶快走，可以到校里。"

说着，就强笑地急走出外。

二二

门外迎着深夜底寒风，他感觉得一流冷颤流着他底头部与身上。他摸他底额，额火热的；再按他底脉搏，脉搏也跳的很快。他咬紧他底牙齿，心想，"莫非我病了？"他一步步走去，他是无力的，支持着战抖，有似胆怯的人们第一次上战场去一样。

他还是走的快的，知道迎面的夜底空气，簌簌地从耳边过去。有时他也站住，走到桥边，他想要听一听河水底缓流的声音，他要在河边，舒散地凉爽地坐一息。但他又似非常没有心思，他要快些回到校里。他脸上是微笑的，心也微笑的，他并不忧愁什么，也没有计算什么。几乎对于他这个环境，感到无明的可以微笑。他也微微想到这二月来他有些变化，不自主地变化着。他简直似一只小轮子，装在她们的大轮子里面任她们转动。

到了学校。他将学生底练习簿子看了一下。但他身体寒抖的更厉害，头昏昏地，背上还有冷汗出来。他就将门关好，没有上锁。一边脱了衣服，睡下。这时心想：

"这是春寒，这是春寒，不会有病的罢！"

到半夜一点钟的样子，身体大热。他醒来，知道已将病证实了。不过他也并不想什么,只想喝一杯茶。于是他起来,从热水壶里倒出一杯开水喝下。他重又睡,可是一时睡不着。他对于热病并不怎样讨厌,讨厌的是从病里带来的几个小问题:"什么时候脱离病呢?竟使我缠绕着在这镇里么?""假如我病里就走,也还带去采莲么?"他又自己不愿意这样多想,极力使他底思潮平静下去。

第二天早晨,阿荣先来给他倒开水。几分钟后,陶岚也来,她走进门,就问,"你身体怎样呢?"

他醒睡在床上答:

"夜半似乎发过热,此刻却完全好了。"

同时他问她这时是几点钟。一个答:

"正是八点。"

"那末我起来罢,第一时就有功课。"

她两眼望向窗外,窗外有两三个学生在读书,坐在树下。萧坐起,但立刻头晕了,耳鸣,眼眩。他重又跌倒,一边说:

"岚,我此刻似乎不能起来。"

"觉得怎样呢?"

"微微头昏。"

"今天再告假一天罢。"

"请再停一息。我还想不荒废学生功课。"

"不要紧。连今天也不过请了两天假就是。因为身体有病。"

他没有话。她又问:

"你不想吃点东西么?"

"不想吃。"

这时有一位教师进来,问了几句关于病的话,嘱他休养一两天,就走出去了。方谋又进来,又说了几句无聊的话,嘱他休息休息,又走出去,他们全似侦探一般,用心是不能测度的。陶岚坐在他底床边,似对付小孩一般的态度,半亲昵半疏远地说道:

"你太真情对付一切,所以你自己觉得很苦罢!不过真情之外,最少要随便一点。现在你病了,我本不该问,但我总要为自己安心,求你告诉我究竟有没有打消你辞职的意见?我是急性的,你知道。"

"一切没有问题,请你放心。"

同时他将手伸出放在她底手上。她说,似不以为然:

"你底手掌还很热的!"

"不,此刻已不,昨夜比较热一点。"

"该请一个医生来。"

他却笑起来,说:

"我自己清楚的,明天完全可以起来。病并不是传染,稍稍疲倦的关系。让我今天关起门来睡一天就够了。"

"下午我带点药来。"

"也好的。"

陶岚又拿开水给他喝,又问他需要什么,又讲一些关于采莲的话给他听。时光,一刻一刻地过去,她底时光似乎全为他化去了。

约十点钟,他又发冷,他底全身收缩地。一群学生走进房

内来,他们问陶岚:

"女陶先生,萧先生怎样呢?"

"有些冷。"

学生又个个挤到他的床前,问他冷到怎样程度。学生嘈杂地要他起来,他们的见解,要他到操场上去运动,那末就可以不冷,就可以热了。萧涧秋说:

"我没有力气。"

学生们说:

"看他冷下去么?我们扶着你去运动罢。"

孩子们的见解是天真的,发笑的,他们胡乱地缠满一房,使得陶岚没有办法驱散。但觉得热闹是有趣的。这样一点钟,待校长先生走进房内,他们才一哄出去。可是有一两个用功的学生,还执着书来问他疑难的地方,他给他们解释了,无力地解释了。陶慕侃说:

"你有病都不安,你看。"

萧笑一笑答:

"我一定还从这不安中死去。"

陶岚有意支开地说:

"哥哥,萧先生一星期内不能教书,你最好去设法请一个朋友来代课。也使得萧先生休息一下。"

萧听着不做声,慕侃说:

"是的,不过你底法子灵一些,你能代我去请密司脱王么!"

"你是校长,我算什么呢!"

"校长底妹妹,不是没有理由的。"

"不高兴。"

"为的还是萧先生。"

"那末让萧先生说罢,谁底责任。"

萧笑着向慕侃说:

"你能去请一位朋友来代我一星期教课,最好。我底病是一下就会好的,不过即使明天好,我还想到女佛山去旅行一趟。女佛山是名胜的地方,我想趁到这里来的机会去游历一次。"

慕侃说:

"要到女佛山去是便的,那还得我们陪你去。我要你在这里订三年的关约,那我们每次暑假都可以去,何必要趁病里?"

"我想去,人事不可测的。小小的易于满足的欲望,何必要推诿得远?"

"那末哥哥,"岚说,"我们举行一次踏青的旅行也好。女佛山我虽到过一次,终究还想去一次。赶快筹备,在最近。"

"我想一个人去,"萧说。

兄妹同时奇怪地问:

"一个人去旅行有什么兴趣呢?"

他慢慢地用心地说:

"我却喜欢一个人,因为儿童时代的喜欢一队旅行的脾气已经过去了。我现在只觉得一个人游山玩水是非常自由:你喜欢这块岩石,你就可在这块岩石上坐几个钟点,你如喜欢这树下,或这水边,你就睡在这树下,水边过夜也可以。总之,喜欢怎样就怎样。假使同着一个人,那他非说你古怪不可。所以我要独自去,为的我要求自由。"

两人思考地没有说。他再说道:

"请你赶快去请一位代理教师来。"

慕侃答应着走出去。一时房内又深沉地。

窗外有孩子游戏底笑喊声,有孩子底唱歌声,快乐的和谐的一丝丝的音波送到他们两人底耳内,但这时两人感觉到寂寥了。萧睡不去,就向她说:

"你回家去罢。"

"放中学的时候去。"一息又问,"你一定要独自去旅行么?"

"是的。"

她吞吐地说不出似的:

"无论如何,我想同你一道去。"

他却伤感似地说:

"等着罢!等着罢!我们终究会有长长的未来的!"

说时,头转过床边。她悲哀地说:

"我知道你不会……"又急转语气,"让你睡,我去。我去了你会睡着的,睡罢。"

她就走出去,坐在会客室内看报纸。等待下课钟底发落,带采莲一同回家。她底心意竟如被寒冰冰过,非常冷淡的。

下午,她教了第二课之后,又到他底房内,问他怎样。他答:

"好了,谢谢你。"

"吃过东西么?"

"还不想吃。"

"什么也不想吃一点么?"

同时她又急忙地走出门外,叫阿荣去买了两个苹果与半磅糖来,放在他底床边。她又拿了一把裁纸刀,将苹果的皮薄薄削了,再将苹果一方方切开。她做这种事是非常温爱的。他吃着糖,又吃苹果。四肢伸展在床上是柔软的。身子似被阳光晒得要融化的样子,一种温慰与凄凉紧缠着他心上,他回想起十四五岁的那年,身患重热病,他底堂姊侍护他的情形来。他想了一息,就笑向她说:

"岚弟,你现在已是我十年前的堂姊了!你以后就做我底堂姊罢,不要再做我底弟弟了,这样可以多聚几时。"

"什么?你说什么?"她奇怪地。萧没有答,她又问:

"你想起了你底过去么?"

"想起养护我底堂姊。"

"为什么要想到过去呢?你是不想到过去的呀?"

"每当未来底进行不顺利的时候,就容易想起过去。"

"未来底进行不顺利?你底话是什么意思呢?"

"没有什么意思的。"

"你已经没有女佛山旅行的心想了么?"

"有的。"

同时他伸出手,执住她底臂,提高声音说:

"假如我底堂姊还在……不过现在你已是我底堂姊了!"

"无论你当我什么,都任你喜欢,只要我接近着你。"

他将她底手放在口边吻一吻,似为了苦痛才这样做的。一边又说:

"我为什么会遇见你?我从没有像在你身前这样失了主旨的。"

"我,我也一样。"

她垂头娇羞地说。他正经应着:

"可是,你知道的,我的志趣,我的目的,我不愿——"

"什么呢?"

她呼吸紧张地。他答:

"结婚。"

"不要说,不要说,"她急忙用手止住他,红着两颊,"我也不愿听到这两个字,人底一生是可以随随便便的。"

这样,两人许久没有添上说话。

二三

当晚,天气下雨,陶岚从雨中回家去了。两三位教师坐在萧涧秋底房内。他们将种种主义高谈阔论,简直似辩论会一样。他并不说,到了十点钟。

第二天,陶岚又带采莲于八时来校。她已变做一位老看护妇模样。他坐在床上问她:

"你为什么来的这样早呢?"

她坦白地天真地答:

"哎，我不知怎样，一见你就快乐，不见你就难受。"

他深思了一忽，微笑说：

"你向你母亲走，向你母亲底脸看好了。"

她又缓缓地答：

"不知怎样，家庭对我也似一座冰山似的。"

于是他没有说。以后两人寂寞地谈些别的。

第三天，他们又这样如荼如蜜地过了一天。

第四天晚上，月色非常皎洁。萧涧秋已从床上起来。他同慕侃兄妹缓步走到村外的河边。树，田，河水，一切在月光下映得异常优美。他慨叹地说道：

"我三天没有出门，世界就好像换了一副样子了。月，还是年年常见的月，而我今夜看去却和往昔不同。

"这是你心境改变些的缘故。今夜或者感到快乐一点罢？"

慕侃有心地说。他答：

"或者如此，也就是你底'或者'。因此，我想趁这个心境和天气，明天就往女佛山去玩一回。"

"大概几天回来呢？"慕侃问。

"你想须要几天？"

"三天尽够了。"

"那末就勾留三天。"

陶岚说，她非常不愿地：

"哥哥，萧先生底身体还没有完全健康，我想不要去罢。哪里听见过病好了只有一天就出去旅行的呢！"

"我底病算作什么！我简直休息了三天，不，还是享福了三天。我一点也不做事,又吃得好,又得你们陪伴我。所以我此刻精神底清朗是从来没有过的。我能够将一切事情解剖的极详细,能够将一切事情整理的极清楚。因此,我今夜的决定,决定明天到女佛山去,是一点也不错的,岚,你放心好了。"

她凄凉地说:

"当然,我是随你喜欢的。不过哥哥和你要好,我又会和你要好,所以处处有些代你当心,我感觉得你近几天有些异样。"

"那是病的异样,或者我暴躁一些。现在还有什么呢?"

她想了一想说:

"你全不信任我们。"

"信任的,我信任每位朋友,信任每个人类。"

萧涧秋起劲地微笑说。她又慢慢地开口:

"我总觉得你和我底意见是相左!"

他也就转了脸色,纯正温文地眼看着她:

"是的,因为我想我自己是做世纪末的人。"

慕侃却跳起来问:

"世纪末的人?萧,这句话又是什么意思呢!"

他答,"请你想一想罢。"

陶岚松散地不顾她哥哥地接着说:

"世纪末,也还有个二十世纪底世纪末的。不过我想青年的要求,当首先是爱。"

同时她高声转向她哥哥说:

"哥哥,你以为人生除了爱,还有什么呢?"

慕侃又惊跳地答：

"爱，爱！我假使没有爱，一天也活不下去。不过妹妹不是的，妹妹没有爱仍可以活。妹妹不是说过么？——什么是爱！"

她垂头看她身边底影子道：

"哎，不知怎样，现在我却相信爱是在人类底里面存在着的。恐怕真的人生就是真的爱底活动。我以前否认爱的时候，我底人生是假的。"

萧涧秋没有说。她哥哥戏谑地问：

"那末你现在爱谁呢？"

她斜过脸答：

"你不知道，你就不配来做我底哥哥！"

慕侃笑说：

"不过我的不配做你底哥哥这一句话，也不仅今夜一次了。"同时转过头问萧，"那末萧，你以为我妹妹怎样？"

"不要谈这种问题罢！这种问题是愈谈愈缥缈的。"

"那叫我左右做人难。"

慕侃正经地坐着。萧接着说：

"现在我想，人只求照他自己所信仰的勇敢做去就好。不必说了，这就是一切了。现在又是什么时候？岚，我们该回去了。"

慕侃仰头向天叫：

"你们看，你们看，月有了如此一个大晕。"

他说："变化当然是不一定的。"

陶岚靠近他说：

"明天要发风了，你不该去旅行。"

他对她笑一笑，很慢很慢说出一句：

"好的。"

于是他们回来，兄妹往向家里，他独自来到学校。

他一路想，回到他底房内，他还坐着计议。他终于决定，明天应当走了。钱正兴底一见他就回避的态度，他也忍耐不住。

他将他底房内匆匆整了一整。把日常的用品，放在一只小皮箱内。把二十封陶岚给他的信也收集起来，包在一方帕儿内。他起初还想带在身边，可是他想了一忽，却又从那只小皮箱内拿出来，夹在一本大的音乐史内，藏在大箱底里，他不想带它去了。他衣服带得很少，他想天气从此可以热起来了。几乎除他身上穿着以外，只带一二套小衫。他草草地将东西整好以后，就翻开学生底练习簿子，一叠叠地放在桌上，比他的头还高。他开始一本本地拿来改正，又将分数记在左角。有的还加上批语，如"望照这样用功下去，前途希望当无限量"，或"太不用心"一类。

在十二时，阿荣走来说，"萧先生，你身体不好，为什么还不睡呢？"

"我想将学生底练习簿子改好。"

"明天不好改的么？还有后天呢！"

阿荣说着去了。他还坐着将它们一本本改好，改到最末的一本。

已经是夜半两点钟了。乡村的夜半是比死还静寂。

他望窗外的月色，月色仍然秀丽的。又环顾一圈房内，预备就寝。可是他茫然觉到，他身边很少钱，一时又不知可到何处去借。他惆怅地站在床前。一时又转念：

"我总不会饿死的！"

于是他睡入被内。

但他睡不着，一切的伤感涌到他底心上。他想起个个人底影子，陶岚底更明显。但在他底想象上没有他父母底影子。眼内润湿的这样自问：

"父母呀，你以为你底儿子这样做对么？"

又自己回答道：

"对的，做罢！"

这一夜，他在床上辗转到村中的鸡鸣第三次，才睡去。

二四

第二天七时，当萧涧秋拿起小皮箱将离开学校的一刻，陶慕侃急忙跑到，气喘地说：

"老兄，老兄，求你今天旅行不要去！无论如何，今天不要去，再过几天我当陪你一道去玩。昨夜我们回家之后，我底妹妹又照例哭起来。你知道，她对我表示非常不满意，她说我对朋友没有真心，我被她骂的无法可想。现在，老兄，求你不要去。"

萧涧秋冷冷地地说一句：

"箭在弦上。"

"母亲底意思,"慕侃接着说,"也以为不对。她也说没有听到过一个人病刚好了一天,就远远地跑去旅行的。"

萧又微笑问:

"你们底意思预备我不回来的么?"

慕侃更着急地:

"什么话?老友!"

"那末现在已七点钟,我不能再迟疑一刻了。到码头还十里路,轮船是八点钟开的。我知道。"

慕侃垂下头,无法可想地说:

"再商量一下。"

"还商量什么呢!商量到十二点钟,我可以到女佛山了。"

旁边一位年纪较老的教师说:

"陶先生,让萧先生旅行次也好。他经过西村这次事件,不到外边去舒散几天,老在这里,心是苦闷的。"

萧涧秋笑说。

"终究有帮助我的人。否则个个像你们兄妹的围起来,我真被你们急死。那末,再会罢!"

说着,他就提起小皮箱向校外去了。

"那让我送你到码头罢,"慕侃在后面叫。

他回过头来:

"你还是多教一点钟学生的功课,这比跑二十里路好的多了。"

于是他就掉头不顾地向前面去。

他一路走的非常快，又看看田野村落的风景。早晨的乳白色空中，太阳照着头顶，还有一缕缕的微风吹来，但他却感不出这些景色底美感了。比他二月前初来时的心境，这时只剩得一种凄凉。农夫们荷锄的陆续到田野来工作，竟使他想他此后还是做一个农夫去。

　　当他转过一所村子的时候，他看见前面有一位年轻妇人，抱着一位孩子向他走来。他恍惚以为寡妇的母子复活了，他怔忡地站着向她们一看，她们也慢慢地低着头细语地从他身边走过，模样同采莲底母亲很相似，甚至所有脸上的愁思也同量。这时他呆着想：

　　"莫非这样的妇人与孩子在这个国土内很多么？救救妇人与孩子！"

　　一边，他又走的非常快。

　　他到船，正是船在起锚的一刻。他一脚跳进舱，船就离开埠头了。他对着岸气喘地叫：

　　"别了！爱人，朋友，小弟弟小妹妹们！"

　　他独自走进一间房舱内。

　　这船并不是他来时所乘的那小轮船，是较大的，要驶出海面，最少要有四小时得到女佛山。船内乘客并不多，也有到女佛山去烧香的。

　　陶慕侃到第三天，就等待朋友回来。可是第三天底光阴是一刻一刻过去了，终不见有朋友回来的消息。他心里非常急，晚间到家，采莲又在陶岚底身边哭望她底萧伯伯为什么还不回来。女孩简直不懂事地叫：

"萧伯伯也死了么？从此不回来了么？"

陶岚底母亲也奇怪。可是大家说：

"看明天罢，明天他一定回来的。"

到了第二天下午三时，仍不见有萧涧秋底影子。却从邮差送到一封挂号信，发信人署名是"女佛山后寺萧涧秋缄"。

陶慕侃吃了一惊，赶快拆开。他还想或者这位朋友是病倒在那里了；他是决不会做和尚的。一边就抽出一大叠信纸，两眼似喷出火焰来地急忙读下去。可是已经过去而无法挽回的动作使这位诚实的朋友非常感到失望，悲哀。

信底内容是这样的——

慕侃老友：

我平安地到这里有两天了。是可玩的地方大概都去跑过。这里实在是一块好地方——另一个世界寄托另一种人生的。不过我，也不过算是"跑过"就是，并不怎样使我依恋。

你是熟悉这里底风景的。所以我对于海潮，岩石，都不说了。我只向你直陈我这次不回芙蓉镇的理由。

我从一脚踏到你们这地土，好像魔鬼引诱一样，会立刻同情于那位自杀的青年寡妇底运命。究竟为什么要同情她们呢？我自己是一些不了然的。但社会是喜欢热闹的，喜欢用某一种的生毛的手来探摸人类底内在的心的。因此我们三人所受的苦痛，精神上的创伤，尽有尽多了。实在呢，我倒还会排遣的。我常以人们底无理的毁谤与妒忌为荣；你的妹妹也不介意的，因你妹妹毫不当社会底语言是怎么一回事，不料孩子突然死亡，妇人又慷慨自杀，——我心将要怎样呢，而且她为什么死？老友，你知道么？她为爱我和你底妹妹而出此的。

你底妹妹是上帝差遣她到人间来的！她用一缕缕五彩的纤细的爱丝，将我身缠的紧紧，实在说，我已跌入你妹妹底爱网中，将成俘虏了！我是幸福的。我也曾经幻化过自己是一座五彩的楼阁，想象你底妹妹是住在这楼阁之上的人。有几回我在房内徘徊，我底耳朵会完全听不到上课铃的打过了，学生们跑到窗外来喊我，我才自己恍然向自己说：

——醒了罢，拿出点理智来！

我又自己向自己答：

——是的，她不过是我底一位弟弟。

自采莲底母亲自杀以后，情形更逼切了！各方面竟如千军万马的围困拢来，实在说，我是有被这班箭手底乱箭所射死的可能性的。而且你底妹妹对我的情义，叫我用什么来接受呢？心呢，还是两手？我不能拿理智来解释与应付的时候，我只有逃走之一法。

现在，我是冲出围军了。我仍是两月前一个故我，孤伶地徘徊在人间之中的人。清风掠着我底发，落霞映着我底胸，站在茫茫大海的孤岛之上，我歌，我笑，我声接触着天风了。

采莲的问题，恐怕是我牵累了你们。但我之妹妹,就是你和你妹妹之妹妹,我知道你们一定也爱她的。待我生活着落时,我当叫人来领她,我决愿此生带她在我身边。

　　我底行李暂存贵处,幸亏我身边没有一件值钱的物,也到将来领女孩时一同来取。假如你和你妹妹有什么书籍之类要看,可自由取用。我此后想不再研究音乐。

　　今天下午五时,有此处直驶上海的轮船,我想乘这轮到上海去。此后或南或北,尚未一定。人说光明是在南方,我亦愿一瞻光明之地。又想哲理还在北方,愿赴北方去垦种着美丽之花。时势可以支配我,像我如此孑然一身的青年。

　　此信本想写给你妹妹的,奈思维再四,无话可言。望你婉辞代说几句。不过她底聪明,对于我这次的不告而别是会了解的。希望她努力自爱!

　　馀后再谈。

弟萧涧秋上

陶慕侃将这封信读完,就对他们几位同事说:
"萧涧秋往上海去了,不回来了。"
"不回来了?"
个个奇怪的,连学生和阿荣都奇怪,大家走拢来。
慕侃怅怅地回家,他妹妹迎着问:
"萧先生回来了么?"
"你读这信。"

他失望地将信交给陶岚,陶岚发抖地读了一遍,默了一忽,眼含泪说:

"哥哥,请你到上海去找萧先生回来。"

慕侃怔忡地,她母亲走出来问什么事。陶岚说:

"妈妈,萧先生不回来了,他往上海去了。他带什么去的呢?一个钱也没有,一件衣服也没有。他是哥哥放走他的,请哥哥找他回来。"

"妹妹真冤枉人。你这脾气就是赶走萧先生底原因。"

慕侃也发怒地。陶岚急气说:

"那末,哥哥,我去,我同采莲妹妹到上海去。在这情形之下,我也住不下去的,除非我也死了。"

她母亲也流泪的,在旁劝说道:

"女儿呀,你说什么话呵?"同时转脸对慕侃说,"那你到上海去走一趟罢。那个孩子也孤身,可怜,应该找他回来。我已经愿将女儿给他了。"

慕侃慢慢地向他母亲说:

"向数百万的人群内,哪里去找得像他这样一个人呢?"

"你去找一回罢,"他母亲重复说。

陶岚接着说:

"哥哥,你这推诿就是对朋友不忠心的证据。要找他会没有方法么?"

老诚的慕侃由怒转笑脸,注视他妹妹说:

"妹妹,最好你同我到上海去。"

图书在版编目(CIP)数据

柔石选集/柔石著. --北京：开明出版社，2023.6(2024.3 重印)
(新文学选集)
ISBN 978-7-5131-7917-1

Ⅰ.①柔… Ⅱ.①柔… Ⅲ.①小说集-中国-现代 Ⅳ.①I246

中国版本图书馆 CIP 数据核字(2022)第 229608 号

责任编辑：程　刚　张慧明

书　　名：	柔石选集
出版人：	陈滨滨
著　者：	柔　石
编　者：	新文学选集编辑委员会
主　编：	茅　盾
出　版：	开明出版社(北京市海淀区西三环北路 25 号青政大厦 6 层)
印　刷：	三河市同力彩印有限公司
开　本：	889 * 1300　1/16
印　张：	13.5
字　数：	135 千字
版　次：	2023 年 6 月第 1 版
印　次：	2024 年 3 月第 2 次印刷
定　价：	39.00 元

印刷、装订质量问题，出版社负责调换。联系电话：(010)88817647